不曾湮没的
流年

骆海燕　著

上海文艺出版社

图书在版编目（CIP）数据

不曾湮没的流年/骆海燕著. — 上海：上海文艺
出版社，2023.7
ISBN 978-7-5321-8827-7

Ⅰ. ①不… Ⅱ. ①骆… Ⅲ. ①散文集—中国—当代
Ⅳ. ① I267

中国国家版本馆 CIP 数据核字（2023）第 158372 号

责任编辑　　毛静彦
特约编辑　　长　岛
装帧设计　　长　岛
封面摄影　　叶思缘

不曾湮没的流年

骆海燕　著

上海世纪出版集团　　上海文艺出版社
上海市闵行区号景路 159 弄 A 座 2 楼　201101
上海文艺出版社发行中心发行
上海市闵行区号景路 159 弄 A 座 2 楼 206 室　201101　www.ewen.co
苏州市越洋印刷有限公司印刷
开本 880×1230　1/32　印张 8.75　插页 2　字数 166,000
2023 年 7 月第 1 版　2023 年 7 月第 1 次印刷
ISBN　978-7-5321-8827-7 / I·6956　定价：52.00 元

告读者如发现本书有质量问题请与印刷厂质量科联系
T：0512-68180638

序

谢方儿

在我们这座小城里，骆海燕的"家庭背景"可以说非同一般。

当然，这不是我写小说的虚构，骆海燕的"家庭背景"是有文字记载的。她的曾外祖父是爱国志士、绍兴的著名乡贤王子余。如果对王子余还感觉陌生，那么再说得明白一点，王子余是周恩来的姑父。

在和骆海燕的交往中，她几乎没有提及这些关于祖辈的"显赫"往事。说她低调也好，说她矜持也好，说她独立也好，我的感觉是，骆海燕就是芸芸众生里的那一个平常人。

乐观、率真、善良，这是生活中的骆海燕。

骆海燕是一个既严谨又优雅的舞者，她在翩翩起舞的日子里遇见生活的喜怒哀乐，她爱舞蹈，她爱孩子，她更爱当下的生活。除此之外，骆海燕还有另一个"自己"，这个骆海燕就是一个写作者。在为生存奔波的空隙里，这个骆海燕披星戴月，一步一个脚印地行走在文字的世界里，这里是她放飞心灵的精神家园。

写作是命运的造化，是梦想的翅膀。骆海燕在谈到自己的写作时，脸上洋溢出欢快、自信和满足。她多次说自己在忙碌了一天后，热衷于在夜深人静的黑暗中与文字和灵魂对话。有时候为了赶稿子，她几乎到了敢于折腾自己身体的程度。说起来，这就是一个文学爱好者的执着和痴迷，或者也可以说是一种对理想主义的偏执。然而，骆海燕却真心喜欢这样的写作状态，唯有写作才能让自己的心灵更加善良和敞亮。

这个骆海燕才是一个"本我"的骆海燕。

有一天，骆海燕对我说，如果我出书了请你给我写一个序。我知道，骆海燕在写作的路上已经走了好多年，在报刊上发表过许多文章，也获得过一些文学征文奖，只是我估摸着她要出书的路还远着呢。然而，事实证明，我的这种估摸是随意主观的。因为，骆海燕说这话的时候已经"万事俱备"了。

现在，当我读完骆海燕这部十多万字的《不曾湮没的流年》，我的思绪就蹦蹦跳跳地奔跑在骆海燕构建的文字世界里，这个"世界"既是文学的世界，又是历史的世界。这个时候，我的状态是这样的：面对白晃晃的电脑屏幕，看似有点像"物我两忘"的样子，其实我的内心却满怀感触和期待。或许，这种感觉就是通常所理解的"文学共鸣"。

史铁生在《病隙碎笔》中写到："历史可能顾不得那么多，但写作应该不这样。历史可由后人在未来的白昼中去考证，写作却是鲜活的生命在眼前的黑夜中问路。"我发现，骆海燕正是这个用"鲜活的生命在眼前的黑夜中问路"的写作者，她像一个思想的夜行者，以笔为旗，孤身行走在时光里。回头是过去，抬头是苍穹，骆海燕用文字问天、问地、问自己。其实，文学就是一种问路和探索，心路在哪里，文学的"追问"就在哪里？！

《不曾湮没的流年》是一部浓缩的文史之书。

骆海燕的语言和叙述比较独特有个性，朴实自在、长短不一、自由自在。有时候严肃拘谨、有时候诙谐灵动，有时候又像是一出"紧拉慢唱"的好戏。

骆海燕用文字轻松自如地把家门口数千年的历史碎片整合在一个阅读平面里，这个阅读平面既有岁月的沧桑感又有现实的观照感。这里有范蠡、有秦始皇、有王子猷、有白居易和元稹、有陆游、有刘伯温、有何胤、有王子余和他的"难童教养所"等人物，这里也有射的山传说、"仙鹤衔箭"传说、若耶溪畔采莲女、"洗骨池"的来历、"云门草堂"与"寿圣院"、葛仙翁与若耶溪钓台、深居精舍探访记、赤堇山还魂草等的传说和故事。

确实，这里也是一个纷繁复杂、纵横交错、熙熙攘攘的大千世界。可以这样说，对于现实之前的所有过去，无论我们用何种智慧和形式试图去还原、复制或者重塑深远的过去，我们都很难触摸到历史的深处，也很难看清历史的真相。看似我们在郑重其事地回望过去，实际上我们能触摸到的仅仅是"冰山一角"；我们对历史所有的认知和探究，就是一个用"鲜活的生命在眼前的黑夜中问路"的过程。

在骆海燕构建的这个过去世界里，我们遇见的都是若隐若现的背影，他们在时光里穿梭、沉思和远望，或许，他们也在"追问"这个面对过去的现实世界。所以，骆海燕用准确、平实和流畅的文字，把已经掉入黑暗的过去"点亮"，努力为读者重塑一个清晰可见的"现实世界"。在骆海燕笔下的这条"历史长河"里，无论名人还是一般的人物，无论大事还是小事，都是活灵活现、丰富多彩的。

骆海燕写曾外祖父王子余的《不曾湮没的流年》最有代表性，这篇文章我去年读过几次，现在读起来依然感慨万千。王子余虽然已经走进了岁月深处，但他的过去就是一页"浓墨重彩"的历史。"那是1939的初春……王子余接待了内侄周恩来回乡探亲扫墓。此次故乡之行，周恩来以国民政府军事委员会政治部副部长身份，在故乡绍兴从事抗日民族统一战线工作。"在骆海燕的笔下王子余是一个铁骨柔情的男子汉，他的个人命运与那个时代的命运休戚相关，王子余和《绍兴白话报》，王子余和中国银行绍兴支行，王子余和难童教养所，还有王子余和秋瑾烈士、徐锡麟烈士的一些往事。这个风起云涌的时代造就了王子余，同时，这个满怀家国情怀的王子余也没有辜负他生存的时代。

《不曾湮没的流年》也是一首率真的心灵之歌。

骆海燕和所有写作者一样，既写过去也写现实，写现实往往都是对生活和生存的有感而发，它发源于写作者的心灵深处。所以，当骆海燕在自觉或不自觉的写作状态下，用文字记录生活的细碎和感悟时，其实就是一种一唱三叹的心灵独白。

人间烟火、闲情逸致、亲情温暖，这些看似平淡无奇的生存状态，在骆海燕的笔下却是时光流逝的"闪光点"，又是写作者对生活、对自然、对人性的认识、理解和感悟。所以，在这部《不曾湮没的流年》里，人、事、心灵还有自然无疑浑然一体。

譬如，我们阅读到"烟火清欢"和"山水几许"这两辑文章，发现里面就是一个"人与自然"的世界。《菖蒲伴书香》《苦楝子》《春风才起雪吹香》《却予情怀寄茉莉》《牵手记忆的小蝶在飞》《阳台花事》《河畔随笔》，等等，读完这些文字，感觉这就是平凡生活的"万花筒"，抑或就是花草蝶飞的岁月静好。

还有，骆海燕笔下的"山居"是这样的，"趁着假日，我跑回离城十余公里的余园，过起'采菊东篱下，悠然见南山'的田居日子"。这确实是一种身静心也静的生活，骆海燕的内心向往日常归于田园、心灵回归家园。"山风微微吹动着木窗后的布帘，窗外，我种下的紫玫瑰小桩，已然抽出了鲜绿的新叶，在春雨中轻轻摇动，心头不由跟着升腾起一缕新绿。"

骆海燕笔下的母亲是一个可爱的"老小孩"，有时活泼，有时安静，有时也调皮。"已进入阿尔兹海默综合症状态的娘，虽手脚健硕，但常常极度健忘，智力退化。"骆海燕经常会带母亲去远方感受自然、体验生活，也经常"把娘挽在手里，沿着河畔缓缓行走。此刻，太阳已然升高，阳光透过树荫斑驳在步道上。"当然，这个"老小孩"也会做出一些让人忍俊不禁的事，"当时，客厅的其中一盏灯突然灭了，老人家居然在电视机柜上放上方凳，再爬到凳子上，用棍子去拨弄灯。一晃，就摔下来了。所幸娘命大，没伤着筋骨。"

骆海燕没有一本正经地写母爱的伟大，也没有写自己如何报答母亲的养育之恩，而是以乐观平和的心态，直面母亲进入阿尔兹海默综合症的生存状态。运用细细碎碎的日常生活细节，在字里行间流露出自己至真至纯的感恩、温馨和陪伴。母亲是可爱的、女儿是用心的、生活是有趣的。说到底，我们在现实世界里的所有遇见都是缘分，如果不是前世的缘，怎能和你相遇今生。所以，忘却生存的疲惫，忘却生活的烦恼，忘却精神的迷惘，用爱和被爱在大自然的怀抱里唱响一首心灵之歌。

其实，生命本无意义，人生一世，草木一秋，因为有了"我"使生命获得了意义。这个"我"当然是精神的"我"，是灵魂的"我"，也是文学的"我"。有了这样的一个"我"，生命才有了精神层面的意义，这就是骆海燕这部书的意义和价值所在。

2023 年 6 月 30 日晚，记于隔离斋灯下

目 录

contents

第三辑　范蠡足迹

第四辑　山水几许

第五辑　烟火清欢

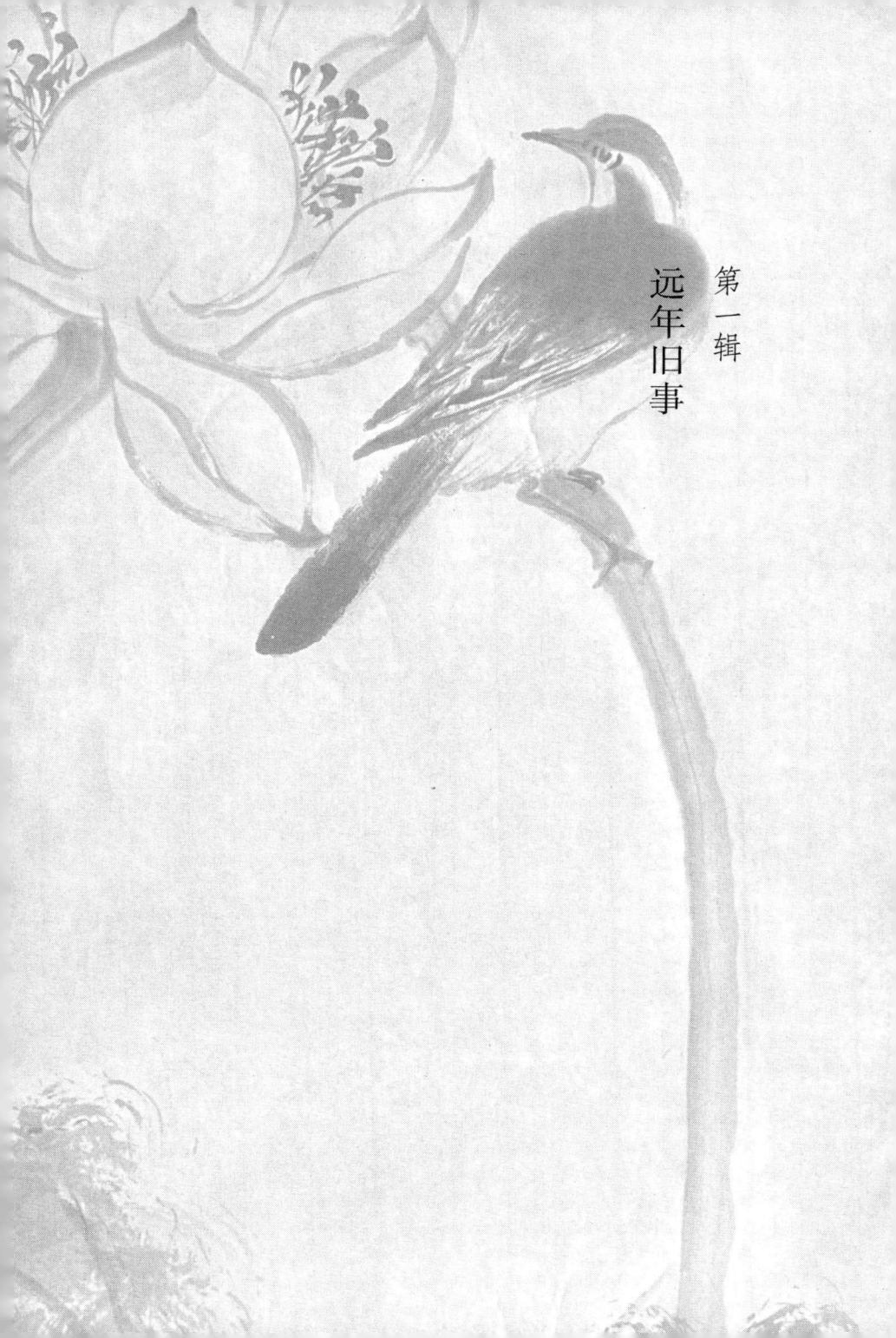

远年旧事

不曾湮没的流年

他闭着眼睛，躺在藤椅上昏昏欲睡。手上的一把蒲扇，盖着他单薄的胸口。

窗外，伏天里郁郁葱葱的泡桐树，遮挡了正午最灼热的阳光，在天井投下一大片树荫。树上的知了，躲在重叠交叉的树叶背后，歇斯底里地聒噪着。

这是中正弄里的一座四进大房子，青砖黑瓦，前面临街，后面有河。门口的砖墙上，钉着一条窄窄的原木指示牌，上面用黑漆书写着"难童教养所"几个不起眼的字。就在这里，安置着绍兴城内因战乱而无家可归的两百多难童。而他，就是创办这个特殊教养所发起人之一的王子余先生。

时间追溯到 1941 年。

这一年的 4 月 17 日，日寇的铁蹄再次践踏这座江南古镇。侵略者所到之处，烧杀抢掠，无恶不作。昔日宁静的小城飘摇在血雨腥风之中。

这天清晨，浓重的雾霭弥漫着西郭张墅四周，遮掩了天空以及远近的山，田里的庄稼也成了模糊的黑影。太阳躲在厚厚的云层后面迟迟不肯露脸。举家搬至此地，暂避战乱的王子余的家人们，得悉昨夜城里已沦入敌手，顿时惊慌万分。唯独王子余双眉紧锁、静坐室内不语。沉思片刻后，只见他整衣敛容，而后起身检点文件，接着吩咐几个女儿去燃起火盆，把整理出来的文件一一焚烧。六女儿去病一眼看见其中有她敬仰的周恩来表兄写的对联，便抬起头，找寻父亲的目光。她见父亲紧闭着嘴唇，充满血丝的眼睛几乎一眨不眨地盯着火盆。

去病小心翼翼地央求父亲："爹，这个可以留下吗？"神色严峻的王子余稍一迟疑，继而轻轻说道："烧了吧！"

见父亲态度坚决，去病虽有万般不舍，但还是遵父命行事。在儿女们的眼里，王子余不仅仅是一家之主，更是个顶天立地的男子汉，是让他们值得信赖和引以为豪的父亲。

盆里的文件顷刻化为了火红的蝶，随着热气升腾起舞。四周忽然变得明亮而温暖。

处理完文件，王子余把全家人召集在堂屋，然后镇定地对大家说："鬼子进城，首先会组织维持会，估计会有我这商会会长的名字。"

他端起茶碗，喝了一口，接着说，"城里到这儿没有陆路，他们一定会用船来接我，我如不去，必定子弹一粒，所以只能随船而去，但是船到大铜盘，那里河宽、水深、浪大，我就趁他们不注意跳下河去，你们不必再等我回家了。"末了，他把跟前几个孩子的手拉在一处，说道："你们的爹是绝不会苟且偷安作汉奸亡国奴的！"

家里老老小小一听这话，都痛哭流涕起来。夫人青君走到丈夫身边，挽住男人的胳膊，边哭边说，"若船来接，全家同去，是死是活都在一起！"孩子们也都抹着眼泪表示，愿与父亲共同为国殉节。

一丝宽慰的笑容悄然闪现在王子余紧绷的脸上。他走到窗前，但见田野上空，太阳已冲破厚厚的云层，将万道光芒撒向大地，那白茫茫的雾霭逐渐隐退散去，远近的山峦依次呈现，露出苍翠的生命原色。他缓缓转过身来，问一直簇拥在身后的去病她们："去年爹抄录给你们那首《示儿》诗还记得吗？念给我听听！"

"死去元知万事空，但悲不见九州同。王师北定中原日，家祭无忘告乃翁。"听着清脆的读诗声，王子余知道，此刻，孩子们的心头都有不灭的火苗在跳动。

几天以后，消息从城里传来，王子余的大名虽在维持会名单上名列第一，但因鬼子派人在城内四处找寻无果，而由名列第三的原商会会长冯虚舟，充任维持会会长。

虽然逃过一劫，但国难当头、有家难回之下，王子余的心情是沉重的。在张墅的这段时间里，他常常教儿女们读些诗词，诸如："北斗七星高，哥舒夜带刀。至今窥牧马，不敢过临洮"，"此地别燕丹，壮士发冲冠。昔日时人已没，今日水犹寒"，等等，以解心头之郁。

一个月明风清之夜，待妻儿们都睡下了，王子余拿出了在嵊县知事任内剿匪用过的大刀，仔细地擦拭起来。两年前的一幕恍若眼前。

那是 1939 的初春，全国抗战进入相持阶段。当一簇簇的映山红竞相开放在乍暖还寒的会稽山峦时，王子余接待了内侄周恩来回乡探亲扫墓。在火珠巷王家老宅内，周恩来泼墨挥毫，为姑父王子余题写了岳飞《满江红》一词。而王子余也当场口占一绝回赠："廿载音书绝，连朝情话欣，老去终伏枥，尚待纪奇勋，喜内侄来越。"

此情此景，在王子余的胸中，这刻犹如翻江倒海般地汹涌着。他不由操起刀柄，边舞边吟。一瞬间，飞舞的刀影划破月色，他听到血液在自己身体里流动的声音。

"靖康耻，犹未雪。臣子恨，何时灭。驾长车，踏破贺兰山缺。壮士饥餐胡虏肉，笑谈渴饮匈奴血。待从头、收拾旧山河，朝天阙。"未央的子夜里，回荡着深沉的吟诵。

日子在煎熬与期盼的交织中一天天度过。还未到旧历年底，城里又传来一个不好的消息，鬼子从城里抓走了一千多个青壮年作民夫，准备发动新的战役（浙赣战役），导致又有数以千计的无辜老百姓家破人亡。正跟孩子们烤火取暖的王子余闻讯，气得差点背过气去。他望着窗外阴沉沉的天空，紧握的双拳在微微颤抖。

过了几日，有人坐船来到离城十里的张墅乡下，面见王子余，说是眼下城里有不少失却亲人、衣食无着的难童，流落街头，惨不忍睹，危在旦夕。来人忧心忡忡地与王子余商量："该如何解决此局面？"

沉吟半响的王子余提出："应该组织难童教养所，以解决这些难童的衣、食、住问题。"接着，王子余又表示，"如要我设法，必须有三个条件：其一是难童教养所不能与日本人有丝毫联系；二是不准日本人跨进教养所半步；三是不准日本人过问所内大小事情。"

数日后，王子余接到口信，迫于舆论，三个条件被日伪当局勉强回应了。王子余便着手开始行动。他先去信与上海箔业界的一位好友商量，提出筹办一个战时难童教养所的设想。很快，上海朋友回信说，此教养所必须由王子余本人亲自负责主持，他才肯慷慨捐赠经费。信中还特别强调，缘于王子余先生的为人品格一向受人尊敬，其清正廉洁的作风一直令人信服。

经费落实了，城里又谈妥了不与日本人有任何联系的条件，这天，王子余毅然冒着生命危险，从乡下搬回了城里。他发动亲戚朋友们四处奔波找寻合适的场所，终于在中正弄内觅得一座四进宽敞大房子。当夜，他与沈复生等几个好友，在此正式筹组民办难童教养所。橙黄色的灯光，在这座庭院深深的弄宅里，彻夜明亮。

短时间内，教养所招募了老师、医务、管理员等五人，厨师及打杂等十余人，又请了十个保育员。一切尘埃落定后，共接收了两百多个难童。这一年是1942年。

孩子们的礼堂与饭厅，设在进门第一进的大厅里。教室与办公室都设在后面。日常，给孩子们开设了语文、算术、美术、体育、劳作等课程。教授的都是爱国主义的内容。孩子们的琅琅书声，外面听不到，可是王子余听着却非常开心，他干瘦的脸上，挂上了久违的微笑。

"姆妈，我要姆妈！呜呜呜……"难童中，常有失去双亲的孤儿在夜梦里呜咽哭泣。王子余听见了，心里犹如刀剐般疼痛。但他知道，日本鬼子的侵略行径，给这些难童所造成的心理阴影，一时半刻是消除不了的，唯有爱的温暖，才能逐渐融化堆积在孩子胸口的冰霜。

这时，王子余已到了古稀之年。按规定值班人员伙食由所里供给，但为了节省教养所的开支，他每次去所里值班时，都自带热水、茶杯、饭菜，从不吃所里的一口水、一口饭。为了拯救战时备受欺凌的难童，王子余作出了他此生最艰难、但也是最感安慰的最后奉献。由于时常愤世忧时，加上长期工作劳累、透支身体，生活又非常自律与清苦，他终于病倒了。但他跟家人说："即使躺着，我也要看看所里的孩子们。"

他的办公室兼休息室在第三进，挨着孩子们的一排卧室。不大的办公室用一栏竹屏风一隔为二，里间是一张床和一个放杂物的小木柜，外间靠墙放了两个书柜和一张简易的书桌，及两把木椅子，还有他此刻躺着的这把藤椅。

他稍稍转动一下瘦弱的躯体，这把形影不离的藤椅，在身下发出了"吱吱"的痛苦呻吟。他想起身，却感到从未有过的困乏从头到脚包裹着他。

"儿他娘，我很快会去见你了！"他摩挲着藤椅扶手，默默在心里说着。

这藤椅是珍的遗物，也是他对发妻仅存的一点念想。三十二年来，他一直把这藤椅带在身边，除了他自己，没人敢动这把又黑又旧的老藤椅。尽管这藤椅已如一位风烛残年的老人，到处是修补的痕迹，但他每每坐在藤椅上，再烦躁的心情也会平静下来。

一想起珍，记忆天空里的鸟，便拍打着翅膀，径直朝他飞来。

1887年，十三岁的少年王世裕，随父从江南古镇来到了江苏淮阴。彼时，作为南北文化交流中心，以及淮运交汇处重镇的淮阴，各个官府衙门中，聚集了不少来自文化之邦的绍兴籍师爷。这其中，同为淮阴府师爷的王子余父亲王庸吾与同乡周攀龙，因志趣相投，行事作风都豁达清廉，而结为了莫逆之交。

中秋之夜，周攀龙邀请几个平时相处甚密的老乡同僚及其家眷，聚在他家客厅一起共度佳节。这是少年子余第一次见到周攀龙的小女儿——比他年长一岁、长得娉娉袅袅而知书达理的珍。席后，大家一起在院子里赏月、纳凉、吃水果。一帮女眷与孩子们还依次焚香拜了"月亮婆婆"。月华似水，凉风习习。院子里的桂花树在夜色中弥漫着醉人的沁香。有客人提议，不可辜负如此花好月圆的良辰美景，让孩子们吟诗作对，岂不快哉。于是，就在这场中秋赛诗会上，文采斐然、锋芒初露的王子余，与口吐珠玑、亭亭玉立的珍，成为众人眼里鹤立鸡群的一对少年璧人。诗词牵线、皓月为媒，也就在此夜，周、王两家定下了儿女亲事。

七年后，王子余带着新婚妻子珍回到了阔别多年的故乡绍兴城，定居在火珠巷内的老宅。此后，除了长女周岁时，珍由丈夫陪同，一家三口回淮安探亲这一次，一心相夫教子的她直到离世，也再没回过娘家。

1902年，二十九岁的王子余，出任会稽县学堂督办。为了让学堂教学有新的改观，他起早落夜，全身心地投入教改工作。而此时，已育有二女一子的珍，则毫无怨言地挑起了王家后勤部长的担子。

常言道，一个出色的男人背后，必定有一个晓明大义、贤惠端淑的女子，而珍，无疑就是这样的女子。也因此，得以让王子余全力以赴、责无旁贷地履行督办职责，开拓教学新领地。

王子余教改上的成绩，其学生周建人在后来所写的《鲁迅故家的败落》的篇章里，可见一斑。

"过年以后，我仍旧到县学堂去读书。

"这时候，县学堂的校长换了王子余，在教学方面也有不少改进。星期一上午的修身课，虽然还是有，但星期六下午却学习欧洲那一国家的学校的办法，改为大讲演会，每个学生都可以自由上台发表演说，不仅全体教员到，连校长也必到。然后评分，看谁讲演得好。这个办法，使学校的空气活泼起来了，平时不喜欢读书的学生，却都到讲演会，所以大礼堂里的人总是坐得满满的，讲演的人很踊跃，有的本来在大庭广众前面讲话羞怯的人，讲演过几次，有显著的进步。在讲演会上，出现不少有口才的学生。他们讲话有条理，能分析，还很有煽动性，讲演的内容，学校不作统一的规定，可以是学习心得，也可以向学校各方面的工作、教学和好坏提出意见。我的同班同学金荣在台上演讲：学堂聘请教师，却念别字，例如把'贸易'读成'贾易'，向他提出来，他还教训人，这样的教师，岂不是误人子弟吗？"

"金荣讲的是事实，大家听了都鼓掌。

"到下星期一我们来上课，就没有看到这位教师，而是换了新教师来给我们上课。

"讲演会产生过诸如此类的一些问题，但多数教师和学生，对讲演会很感兴趣，它交流思想，改进教学，活跃空气，加强学习，王子余校长一直把讲演会坚持下来。至少我在县学堂读书的时候是这样做的。

"学校里除了汉文、算学、格致、常识、史地这些课程外，对英文是相当重视的。我们读的是英国皇家英文读本。

"我在县学堂这学期将近结束时，王子余校长向我们这一班级说：绍兴府学堂将于明年改名为绍兴府中学堂，专收全府高等小学卒业生，在府中学堂毕业后，才可以升入各种高等专门学堂及高等学堂。"

"嘶啦嘶——"天井里的蝉鸣声忽高忽低，但持续不断地在这夏日的午后，歌颂着自己羽化的快乐，尽管这种快乐短暂而强烈。王子余拿着蒲扇的手费力地摇了两下，微微睁开眼睛。他忽地感觉这窗外的蝉声，竟争先恐后地涌进窗来，继而填满了自己空荡荡的身躯。一霎那，他觉得自己也随着这些曾在黑暗的泥土下、潜伏了数年、甚至十数年的歌唱家，卯足了劲，鸣唱起来："嘶啦嘶——"

随着鸣唱，那些流年里的往事，陆续从尘封的记忆深处跳将出来，面对着他。

王子余在县学堂任职之余，在仓桥街街口开了一家"万卷书楼"，介绍西方科学知识和传播民族民主革命思想。当时，徐锡麟在府横街轩亭口开有"特别书局"。两家书店表面出售的均所谓事务性的一般书籍，如"支那史""地球韵言""蒙学课本"等，但私下却秘密推销《扬州十日记》《嘉定屠城记》以及《革命军》《猛回头》《警世钟》《杭州白话报》《浙江潮》等进步书刊。这些书都经过伪装，封面改成"蒙学课本"，这种书刊虽然三分旧七分新，到货不多，但却十分畅销。

年里，王子余获悉徐锡麟准备在城内万安桥筹备一所"明道女校"，十分赞同，他除了出资捐助外，到了次年下半年"明道女校"正式创立开学时，还把大女儿王深送进女校学习，以资提倡。

为了推广白话文，以"唤起民众爱国，开通地方风气"为宗旨，在几个同人倡议之下，1903年7月9日，由王子余创办并主编，王子澄、刘大白担任编辑的《绍兴白话报》创刊了。但由于绍兴当地没有印局，每出一期报，都要跑到杭州去印，如此周折多且费用大。为了解决这个问题，次年，王子余费尽心力，同时在陈公侠、蔡国卿等好友相助之下，终以"万卷书楼"为总发行所，在试弄创办了绍兴第一家铅字印刷局——"绍兴印刷局"。

1905年，三十二岁的王子余在蔡元培从弟蔡元康的介绍下，在绍兴加入光复会，次年又加入了同盟会，同时，《绍兴白话报》纪年由"清光绪"字样改为"丙午"。自此，王子余与革命党同志联系甚密，思想上也有了大的飞跃。他所办的《绍兴白话报》也更大胆、勇敢地公开报道一些时事，譬如，表面上站在政府立场发表消息，但实则却是为孙中山先生领导的革命形势的发展，作机智巧妙的宣传，提醒革命党人要提高警惕，提防反动政府的查捕。

有关《绍兴白话报》，女儿王去病在回忆父亲的文章里，有过这样的描述——

"《绍兴白话报》内容简明扼要，丰富多彩，除绍兴新闻和对绍兴时局的评论外，还摘载国内外大事，也刊登广告。这份报纸，本来逢五出刊，每月出三期，后因销售量增加，除了绍兴府的山阴会稽两县外，还远销到诸暨、嵊县、萧山、宁波。在杭州、上海、福州、北京，都设有发行所。所以后来改为五日刊。这是绍兴历史上的第一张报纸，对于宣传爱国主义，推广白话文，起到了积极的作用。曾是我父亲的学生周建人同志在《文字改革随笔》一文中介绍'还在清朝当过会稽县学堂校长的王子余先生办过《绍兴白话报》，听说他自己编、自己校，有若千家订户，清早他自己向订户分送，工作十分勤劳，对推广白话文十分热心。'"

1906 年 5 月，王子余在《绍兴白话报》创刊一百号之际，于万般感慨中作纪念文，其中写道："我这《绍兴白话报》，按续到今，有这第一百号的纪念，不能不算是我们办报的高兴事体。自此一百号以后，能否再有第二百号，我是不敢预料；自此一百号以后，竟能够出到一千号一万号，我也不敢说是一定难到。我今朝却有一句夸口的话要说出来，无论《绍兴白话报》前途如何，将来地方发达，各种报章都出起来，若溯起绍兴报界的历史，难道好不让我这《绍兴白话报》居一个首座吗？哈哈！"浓浓的自豪感、使命感，以及对未来美好的向往之情，跃然字里行间。

应该说，王子余开设的"万卷书楼"和倡办的《绍兴白话报》，在当时对于传播先进思想，树立社会新风，起到了不可磨灭的作用。同时，书楼与白话报也作为一道桥梁，让王子余与徐锡麟、秋瑾等革命党人结为了志同道合的知交。

1907 年正月，一场大雪把古城银装素裹成洁白的世界。即将去往安庆巡警学堂的徐锡麟，冒着纷纷扬扬的雪花，特地从西郭门外的东浦小镇，如约来到仓桥头小酒店，与好友王子余饯别，两颗志同道合的心在寒风中赤诚相见。此刻，千言万语化为一声沉甸甸的"珍重"，滴落在滚烫的酒壶里。

同年，受徐锡麟所邀，自沪回绍主持大通师范学堂的秋瑾，通过王子余，在《绍兴白话报》上刊登招生广告，并提供刊载《中国妇人会章程》的资料，发表《劝女子亟宜进学堂》的论文。报上也曾刊登了"秋瑾协台衙门放马"的报道。

某日，王子余邀秋瑾去火珠巷家里饮宴，秋瑾欣然前往。常言道，"酒逢知己千杯少"，性格豪爽的秋瑾吟诗唱歌，豪饮至醉下，竟然坐到王家的八仙桌上去了。按照绍兴的古老习俗，八仙桌是王家逢年过节祀神祭祖用的，女人哪能坐在八仙桌的上面，吓得王母牟氏老太太当场目瞪口呆，心里直呼："先生先世啊！"等客人们走后，老太太赶紧吩咐家人："把这桌子搁置起来不可再使用。"直到解放后的1959年，绍兴建立秋瑾纪念馆时，时任绍兴人民政府副市长的王贶甫（王子余长子），才把这八仙桌捐献出来。此是后话。

1907年7月15日，在反抗清廷的"安庆起义"失败后被捕的秋瑾，英勇就义于轩亭口。王子余在《绍兴白话报》上匆匆发了一报道稿，指责清政府"见了风就是雨"，然后经由杭州去上海避难。后得悉秋瑾在狱中守口如瓶，才返回绍兴。就在秋瑾就义后的第八天，夫人珍生下次子。王子余内心悲痛未消，他看着褓褓中的儿子，对夫人说："孩子就叫'瑾甫'吧！"

1909年8月，浙江省谘议局在杭州成立，王子余被选为浙江省谘议局第一届议员。在召开第一次会议期间，王子余针对社会腐败之风，提出了《官有财产管理规则法案》。

座无虚席的讨论会上，他目光炯炯、字正腔圆地指出："浙江官有财产，向无稽查，其经营在官者，亦大都入于吏胥之手，或私相租卖，转辗隐混，弊不胜言，必有管理规则，庶足以清从前之积弊并以整理财政。"接着，他又详尽阅读了开列的二十条规则。

尽管王子余设想利用法制积清弊端、清理财政的提案，对于千苍百孔、摇摇欲坠的清政府来说无疑是一种幻想，但也不失为对彼时封建社会管理阶层的有力鞭策与警示。

时光匆匆。转眼到了1912年5月，三十九周岁的王子余，被委任为民国第一任嵊县知事。告别妻儿赴任之时，他只叫了一个随身工役，连师爷也没带。当时，嵊县一带土匪猖獗，当地百姓深受其害。他到任后，除了按上级指示，释放清末被关押的政治犯外，一头扎入下乡剿匪工作，为民除害。三个月下来，地方秩序安定了，老百姓拍手称快，但他却有苦难言，有口难开。原因无外乎囊中羞涩。

作为一个县知事，薪俸低得可怜，而一些公务应酬又不可不为。尽管他自己省吃俭用，还是常常维持不了日常开销，经济压力对他甚大。更何况他一向廉洁奉公，深恶痛绝贪污浪费之风，所以，才当了三个月的知事，就让他负债累累。没奈何，他只得回家卖掉了三十亩祖业田产，又添上珍陪嫁的首饰，才算了清债务，请辞离职。返乡之前，他特地在当地请人打置了一把做工精致的藤椅，作为答谢爱妻的礼物。

令王子余万万没有料到的是，这三个月短暂的知事生涯，竟成了一把割断夫妻尘缘的利刃。当他提着藤椅，风尘仆仆地跨入家门时，刚生下第五胎儿子的珍，因在月子里为丈夫担惊受怕，焦虑成疾，已病入膏肓。

珍弥留之际，肝肠寸断的王子余，小心翼翼地把奄奄一息的母子抱在藤椅上，眼泪如决堤之水，喷涌在爱妻和襁褓中幼子渐渐冰冷的身体上。

生平爱读断肠诗，不料今日竟遇之，欲向九京通一语，可怜肠断不成词。

百种牢愁郁不平，归家每自到三更，欲教戒酒还斟酒，慰我无聊一片情。

曾从七夕窥牛女，又向中宵听雁宾，此恨茫茫谁领取，刘山高耸隔层云。

一官我自轻如叶，盼得归来月已斜，撒手不闻留一语，终宵开眼恨无涯。

营斋营奠有姑慈，枕上滴痕汝可知，累我室家缘薄宦，伤心犹忆绝裙时。

世事纷纷似弈棋，卿今先死算便宜，他日豆剖瓜分日，况味如何未可知。

一纸和着血泪的长诗《悼亡室周》，在夏秋之交的阴雨黄昏里，如孤雁飘飞。一对恩爱夫妻从此阴阳两隔。

"王先生，你的绿豆粥凉哉！"

有人进屋来的说话声，一下子把王子余从遥远的过去拉回到藤椅上。

"先生，人是铁，饭是钢，粥吃下去人就有力气了！"

说话间，厨房的陈嬷嬷已走到藤椅边，端起条凳上的一小碗粥。

"放着吧，嬷嬷，我实在不饿，歇歇我会吃格。"他喉咙沙哑着，用握着蒲扇的手，把碗推开了。

唉。陈嬷嬷叹了口气，把碗放回了条凳上。

"王先生，那你先休息，一会儿要记得吃粥哦，我去照看孩子们去了。"

他没有再吱声，只是用手示意了一下，算是回话了。

他把头转向明晃晃的亮处，那儿，湛蓝的天，大朵大朵的白云，填满了敞开着的木格子窗户。一簇怒放的凌霄花在窗口探头探脑。一丝微笑爬上了他紧闭着的嘴角。他知道，天井里的凌霄已摆开了年里最闹腾的盛宴。

日子过得真快哦！他自言自语着。

这凌霄花，是两年前"难童教养所"刚筹组时，为了让天井更有生气些，他专门让人从自家后院，把年年花事热烈的凌霄迁移了过来，种在梧桐树旁。

他还记得迁树那日，青君满眼流露的不舍之情。

爱妻过世后，王家老太太替儿子做主，续娶了陶堰老亲大户人家陶吉生的女儿青君姑娘。这株凌霄树，是青君过门时从陶堰娘家带过来的树苗，也是她亲手把它种在夫家院子里的。平日里，她时常跟着家里的帮佣，给它施肥、松土、浇水。都说花草树木也通人性，到了次年 5 月，这凌霄花就在王家绿荫蓬勃的后院，开了好些红橙橙的花骨朵，簇拥在一起，如风铃般，在风里摇荡。再后来，一年比一年开得茂盛。许是后院阳光充足，每到初夏来临，这满树的凌霄花便迫不及待地爬满了院子里的花架。那时节，青君就会常常坐在院子里，给几个小囡剪鞋样，描花，绣凌霄。而几乎日日忙到夜半回家的王子余，有时也会在人静月明之时，踱到后院，闻着夜风中飘拂的凌霄花香，诵上几句诗。诸如"珍重青松好依托，直从平地起千寻""虽残栖凤枝，终抱凌霄节"，等等。

也只有在这时，他才会将满腔抱负，和着深藏在骨子里的诗情画意，毫无遮拦地流淌在月光下。

1923 年，时任中国银行浙江分行文书的王子余，从杭州调任绍兴，从此开启了他十数年的中国银行绍兴支行行长的职业生涯。但王子余生活还是十分俭朴，公私分明，从不收受馈赠。若有实在推辞不了的礼品，则送到银行里，让全体员工享受。尽管王子余一尘不染、两袖清风，但外界总有人觉得，一个银行行长一定有钱，所以常有人来跟他借钱。

一天夜里，从行里处理完公务的王子余，回家刚坐下，有人敲门而至。来人是王家一个亲戚的朋友，平时也不甚走动。寒暄几句后，此人便搓着双手，脸色通红地说道："王行长，实在不好意思，小儿近日要赴杭州去读师范，可家里实在凑不够学费，只能厚着脸皮来跟您借点钱。"王子余一听是孩子读书的事，便起身把一直站在边上的青君拉到一边，小声说："我那衣服先缓缓再买吧，去把钱拿来。"青君听了，不由说道："又是缓缓、缓缓，你都没一件可见客的衣服了呀！""孩子读书紧要，去拿钱来，听我的！"

夫妻俩送走千恩万谢的来人后，关了门，王子余不由长叹一声："唉，嫁衣实为他人作，金穴谁知住者贫啊！"

后来，王子余便把这两句对联悬挂在自己的办公室里，犹如自诩的一幅肖像画，日常自勉。

王子余于绍兴支行在任期间，当时绍兴县教款会有银洋现金六十多万元之巨，存入绍兴中国银行，年息为八厘。后来有人想将此款拨去，无息存入省库。经王子余伙同挚友、教款会的主任委员王声初先生等再三交涉，结果仍存入中国银行作为教育专款使用，而且将利息提高到九厘。服务桑梓，造福百姓，一直是王子余努力并践行的座右铭。

1928 年，在绍兴军政分府科长任上的王子余，多方联络老同盟会会员，然后数次上书南京政府，最后获准由政府部门拨款，在秋瑾就义处的古轩亭口，建立秋瑾烈士纪念碑。建碑过程中，王子余亲自负责择地、设计、监督施工，并请蔡元培、于右任、张人杰等元老撰写碑名、碑文；又根据秋瑾临刑前书写的那一句"秋风秋雨愁煞人"，在龙山西南主峰建一纪念亭，名为"风雨亭"，以供后人凭吊。在王子余的发起并参与下，还建立了纪念徐锡麟烈士的"徐社"，以此缅怀追念先烈。

1929 年 10 月间，被南京政府收编的西北杂牌军方本仁部三万余驻扎绍兴。但此部队军纪极差，常骚扰当地居民，老百姓是叫苦连天。秉性正直的王子余看不下去了，即会同朱仲华等开明士绅，出面电报，上告至时任国民革命军总司令部秘书长的邵力子先生处，终将方部调离绍兴，为当地百姓清除了此祸害。

1934 年,刚从从中国银行退休的王子余,一头扎入社会工作。除了任绍兴祭禹筹备委员会委员,参加筹备与祭禹活动外,又成立了以他为首的"绍兴县修志委员会"。

汇辑越中文献和地方史料的过程是繁琐而辛苦的,他常常在书房一坐就忘了时间,灯下熬夜更是家常便饭。他单薄的身体越发消瘦了。两年后,《绍兴县志资料》第一辑共 16 册付印出版了,同时,还重印了《康熙会稽县志》《嘉泰山阴县志》《道光会稽县志》《绍兴府志》《山阴县志》《禹域丛书》一至二集、《越中文献文辑丛书》等一大批文史专著。

初战告捷的王子余,总算可以喘口气了。傍晚,夕阳穿过雕花木格子窗,在书房撒下一地斑驳的金黄。臃肿着两大眼袋的王子余躺在藤椅上,兴致勃勃地念起了詹太夫人所作的王家家传诗训:"长夏喜闲居,凉风吹入屋。朝看户外花,暮听窗前竹。身强药不需,智慧书能读。菜饭本无犹,布衣原可服。人生能几何,知足便是福。"

> 大刀向鬼子们的头上砍去,
> 全国武装的弟兄们,
> 抗战的一天来到了,
> 抗战的一天来到了!

难童所紧闭的大门内,孩子们的歌声穿过庭院深处的天井,越过窗台,把王子余从昏睡中唤醒。他的眼睛里有光闪了一下。继而,他情不自禁地咧开嘴,嘿嘿笑了起来。

他觉得体内有一股清泉涌了上来，漫过五脏六肺，缓缓流向四肢，他顿时觉得沉重的身体变得越来越轻盈。蒲扇滑落在地上的时候，他感觉自己从藤椅上飘起来，飘出了屋子。他飘过孩子们的教室，飘过凌霄花盛开的天井，越飘越高，甚至穿过了云层，他感到自己就像一片羽毛漂浮在天空，四周都是金色的光在闪耀。

1944 年 8 月 8 日，王子余病逝于难童教养所。一年后，抗日战争胜利。

（本文作者系王子余次子王瑾甫的外孙女）

我的奶奶叫凤仙

青紫色的炊烟，在河沿的白墙黛瓦上袅袅飘动。淡淡的阳光洒在屋檐下。两个女人，梳着同样光溜溜的髻，一前一后，从两扇不大的朱漆木门里出来，颠着小脚，一颤一颤地朝河埠头走去。这样的场景，不止一次在女孩的梦里晃动……

清末民初，素有"锡半城"之称的小镇，几乎有一半人都做锡箔生意。章凤仙的父亲也不例外。章父仰仗祖上传下来的锡箔手艺，在当地开了一爿锡箔作坊。彼时，章家也算是八字桥一带不愁吃穿的小康之家。

自小长得粉堆玉砌似的凤仙，是父亲的掌上明珠。虽说母亲过世早，但受父亲疼爱的凤仙从没挨过劳作之苦。

凤仙有个弟弟，叫阿岐，尚在襁褓时，一场突如其来的大病，虽没夺走小弟的性命，却落下了经常发作的癫痫之症，除了抽搐和口吐白沫，还会在夜里长啸怪叫。看了好多年医生，依然无果。到了阿岐十岁那年，章母终于在忧思过度之下，撒手离世。那年，凤仙十二岁。

十二岁的凤仙，名如其人，耐悠悠的个性，柔嫩娇弱的模样，一张白皙的鹅蛋脸上，蛾眉淡扫，凤眼细长，街坊都说，这囡长得跟她娘如同印糕板印出来一样。可惜娘没了，唉。有邻居摇着头说。凤仙听了，不声不响，只顾低头抹眼泪；章父听了，似刀在心尖上滚。而没了娘的颟儿几乎夜夜长啸。

章家给女主人做五七时，陶堰乡下亲戚带来个名叫小红的姑娘。说是姑娘，其实比凤仙还要小一岁，个儿也比凤仙矮一些。亲戚说，小红从小就没了爹娘，一直跟陶堰的爷奶生活，前不久，爷奶也相继过世了。小红的叔相托这位亲戚给姑娘找份好人家，说这是小红奶的临终嘱托。听亲戚介绍，小红手脚勤快，脾气又好，会是家里的好帮手，而且，小红虽在乡下，却也有与凤仙一样的三寸金莲，那是小红奶奶的杰作，老人一直希望这苦命的孩子，长大找份好人家。

凤仙见小红虽然脸色发黄，但一双乌溜溜的眼睛透着几分灵气，特别是一对比自己还长的辫子扎得利利索索，凤仙心上就生了好感。

亲戚说得没错。小红进门才放下包袱，就下厨房帮做饭的陈婆婆烧火、洗菜。拿陈婆婆的话来说，这孩子眼里都是活。章父听了自是满意，说，留下吧。然后托亲戚带回去一笔钱，又封了个红包给亲戚。

小红成了章家的童养媳，代替章母照顾阿岐。凤仙也有了伴。

一大早，小红便起来生火做早饭，然后洗全家人的衣服、打扫卫生。厨房的陈婆婆住在附近自己家里，负责章家、包括锡箔作坊几个伙计的两餐饭。自从小红来家后，陈婆婆有了烧火的帮手。小红虽然成天忙个不停，但脸色却渐渐红润起来。

小红把陈婆婆做好的饭菜，装在提篮饭篓里，再送去锡箔作坊。

有时候，凤仙闷得慌，也会跟着小红一起去。作坊离章家不太远，走过半条沿河直街便是。两个俊俏的小脚姑娘，一个提着饭篮，一个拿蒲扇遮阳，一颠一颠地走在直街的青石板上，常常引来街坊的注目礼。

章父的锡箔作坊一分为二，临街的前屋作买锡箔纸的店铺，后院是锡箔工场。章父除了教学徒打锡箔纸外，经常要外出。他有时候约客户去茶店谈生意，有时候还要送货去诸暨、衙前等地。打锡箔纸作垫底的鹿鸣纸是从平水山里运来的，一年到头，章父也免不了要坐船去平水进山几趟。

章家沿河的屋门前，有一大块空旷的河埠头道地。道地左侧放了一个露天石墩捣臼，积"天落水"（雨水）。右边有一株高大的泡桐树。正对章家的河对岸是一天主教堂。陈婆婆曾悄悄跟章父说，邻居私下议论这天主教堂是外国异教，对着章家坏了风水，遭致儿子癫痫、女主人早亡。可章父却不信邪，说，这教堂比自己年纪还大，让陈婆婆别听人家嚼舌头，人自有一命一福，并嘱咐陈婆婆不要把这乱七八糟的话传给家里的囡听。陈婆婆连连应允着，晓得哉晓得哉。

章家烧大灶用的柴，通常是从柴船上买的。平水山里人把斫好的柴捆卖给当地柴船，然后这些柴船就顺水路进城，沿河叫卖。

在河埠头洗菜的小红，一抬头就能看见八字桥。她听公公讲，这座石桥，在三条河流的交汇处，早在南宋年间就建造了。因主桥与辅桥的好几处落坡都对成八字状，桥由此得名。但凡天气好的时候，凤仙和小红便会去八字桥，两双小脚走过辅桥，再走主桥，来来回回踱一遍。

那些柴船经由八字桥下划过来，即使人在屋内，船家吆喝一声："卖柴哉！"家家皆知。

暑热天，太阳照在河面上火辣辣的，有时柴船上的柴一时卖不完，船家就会把船歇在河埠头，在章家屋檐下坐一会。这时，好心的凤仙便会端出凉好的茶给船家解暑。船家离开时，自是留下些柴作为答谢。一来一去熟了，章父常常也会托船家把平水的鹿鸣纸捎带过来。

天热，章父也减少了外出差事。暑夜里，章父会用木斗桶从河里拎水，把门口道地泼上几遍，然后从屋里搬出竹榻、竹椅子，唤上儿女，在河埠头乘凉。小红待收拾完大灶，也会拿个蒲扇过来，一下一下给颠儿打扇。

经常，邻居也会踱过来。这时候，章父就会打开话匣子，诸如鹿鸣纸名字来历等传说，犹如长着透明翅膀的月夜小精灵，围绕河沿纳凉的人儿，在星光下飞舞。

尽管阿岐的长啸依旧成为章家人的梦魇，尽管壮年的章父走不出痛失爱妻的阴影，但温婉秀丽的凤仙与贤淑懂事的小红，给章父带来愈心的慰藉。

小红十七岁这年的立秋，章父作主，让她与阿岐成了亲。小红没有半句怨言。在她心里，章家是遮风挡雨之处，服侍与守护颠儿是她的宿命，她愿意用此生回报章家的善待之恩。

办完喜事没多久，一日，凤仙跟着小红去锡箔作坊送饭，见父亲没在店里，有个从没见过的年轻伙计坐在临街柜台前。只见他穿着合身的青色薄长衫，棱角分明的脸上，鼻若悬胆，眉宇间，乌黑而深邃的眼眸里，透着几分让人琢磨不定的神色。凤仙从来也没见过如此俊朗的男人，一下子就像怀里钻进个小兔子，心咚咚直跳。

这伙计倒是大方，见到妯娌俩，便作自我介绍说，他来自诸暨枫桥，叫骆年康，是章老板朋友的老乡，刚来作坊没几天，这会儿章老板有事出去了。说完，他对着凤仙微微一笑。凤仙看到他白生生的牙齿，当下绯红了脸，她赶紧催促着小红提上饭篮，两人颠着小脚匆匆而返。

立秋后，暑热未消，蝉一直在屋外的泡桐树上聒噪。蒲扇不离手的凤仙，还是觉着后背老是渗汗。一连几天，凤仙都没有跟去送饭，独自坐在门口的靠背竹椅上，望着道地前的河水发呆。小红问了，凤仙自是说秋燥的缘故，人有些不舒服。还是陈婆婆有眼见力，逮个机会跟章父说，凤仙姑娘好像有心事。被陈婆婆一提点，章父这才想到，囡宝贝十八了，也到了该有心事的年纪了！章父便托陈婆婆去找媒人。

一听是章家姑娘，媒人很快就上门来了。但章父有言在先，说不管男家是谁，一定要我家姑娘自己点头才算数。媒人一连提了两家，但凤仙都没有点头。

转眼秋风四起。那颗梧桐树上的叶子由绿变黄。倚在门旁的凤仙，望见鸭爪似的叶子纷纷扬扬地飘落，在阳光照射下，这些叶子仿佛是金色的蝶在飞舞。她不由轻轻地吟了起来:"凤凰鸣矣,于彼高岗。梧桐生矣,于彼朝阳。"这是凤仙小时候,娘带她在梧桐树下扫落叶时教她的。娘还告诉她,有一种美丽的神鸟叫凤凰,只在梧桐树上栖息。想起娘,泪水又在凤仙的眼眶里打转。

眼见着树上的叶子越来越少,光秃秃的树枝上结了许多毛茸茸的梧桐果。风一吹,小毛球劈里啪啦地掉落在树下的泥土里,或是道地上。

小红把落叶装在簸箕里,说可以烧火,又把梧桐果捡拾在竹篮里。厨房里已有不少梧桐果,都是小红拾的。在道地里,小红用柴刀背砸这些梧桐果,里面的梧桐子装了一小汤碗,然后交给陈婆婆。陈婆婆把它们淘洗干净后,在铁锅里放了盐和一点香油,然后清炒。等到厨房里飘起香味时,梧桐籽已炒成棕黄色。小红抓了几粒,塞进一旁看热闹的阿岐嘴里,问,好吃不?阿岐只顾吧唧着嘴傻笑。

凤仙说,给我爹他们拿点去尝尝吧。

饭篮子也穿上了保暖外套。这是凤仙的手艺。凤仙的女红活不赖,心又细,入秋时就用士林蓝布的零头镶拼,给饭篮缝制外套,还有夹层,夹层里垫了棉絮。这样的巧手着实让小红羡慕不已。凤仙说,爹有胃病,饭菜要吃热的,伙计们也得有热菜热饭,吃好了才有力气干活。小红听了连连点头,她觉得大姑子知书达理,不但脾气好,长得又好看,还会念诗,不知哪个有福气的男人能娶到她呢!

冬季来了。屋檐下挂了冰凌子,阿岐拿了扫帚柄去捅,捅下来的冰凌子掉在地上碎成几截，阿岐捡起来就往小红手上塞，自己也抓一截，呵呵乐着，伸出舌头往上添。小红笑着躲开了。

凤仙的手上多了个铜制的手炉，那是章母的嫁妆。手炉小小巧巧，炉盖上还刻有镂空的花卉与蝴蝶。小红在里面搁了炭火，让凤仙暖手。屋外是雾茫茫的天。陈婆婆说，春雾百花冬雾雪，要落雪了！

黄昏时，回家来的章父把房门一关，跟凤仙说，阿囡啊，姑娘大了总要嫁人的，作坊那个年康你可中意？父母去世早，爹看他聪明机灵，往后你成亲不离家，这不两全其美的好事呀！

凤仙听了，含羞地低下头，而后又轻轻点了点头。

新年正月初三，雪蓬蓬地下，铺天盖地，八字桥也被笼罩在一片银色中。凤仙出嫁了。父母之命，媒妁之言，心仪之人，凤仙一样也没落下。坐在花轿里，大红盖头下的凤仙喜滋滋地心满意足。

鼓乐声声，迎亲队伍穿行在沿河直街的雪帘中。肩背十字红绸花，一身玄色长袍棉马褂的年康，越发显得英挺俊气。街坊邻居们纷纷站在自家屋檐下看热闹，有的说，章家嘎好看的女婿，丈人阿伯是越看越欢喜哎。有的说，瑞雪兆丰年，讨了娘娘命的老婆，屋里发哉！

被一个"发"字所应验，婚后第四年开春，凤仙已是两个儿子的娘了。期间，一直没有生养的小红成了月儿嫂，常常是左手抱一个，右手还在晃摇篮。连阿岐也不时被小红捉来，塞一个拨浪鼓让他哄孩子。尽管还有奶娘，屋里几个女人仍是忙得团团转。但孩子的哭笑声却给章家平添了日子里的生气。

也许是章父对妻子无法忘怀，也许是怕一对儿女受委屈，这几年，尽管不断有人来给章父说媒，但他压根就没有续弦的心思。风里来雨里去，章父只把所有的精力都投入在锡箔作坊里。而骆年康自从在枫桥开了锡箔行分店后，常常绍兴、枫桥两头跑，在枫桥一待就是十天半月的。忙于照顾俩娃的凤仙，对于心爱的丈夫没有半句怨言，在她心里，除了父亲，奔波在外忙于挣钱的年康，就是为她和孩子遮风挡雨的坚实靠山。

道地的梧桐树又开花了。一簇簇淡紫色的桐花就像风铃，在初夏的风中摇曳，清新的香气弥漫在河沿。"梧桐生矣，于彼朝阳。萋萋萋萋，雝雝喈喈。"看小红带着两稚儿在树荫下嬉戏，屋檐下摇着蒲扇的凤仙，恍若又听见母亲温柔的吟诵声，在桐花间萦绕。

"卖甜酒酿哉！"熟悉的吆喝声从前街传来。

"陈婆婆，卖酒酿的来啰。"凤仙回身，开心地朝厨房那边喊。

不硬不软，江南小镇特有的水质，加上当地盛产的优质糯米，使甜酒酿成为当地的传统美食，几乎家家户户都会酿制。

凤仙娘在世时，也时不时给家人做上一缸甜酒酿，家里大大小小都爱吃。留在凤仙记忆里，娘做的酒酿一直都是入嘴甜糯鲜洁，唇齿留香。娘去世后，一小盅甜酒酿就会勾起凤仙欲罢不能的思母之情。

凤仙正吃着陈婆婆做的酒酿冲蛋，就见父亲神色凝重地进了家门，一见凤仙进来，一把搂住女儿双臂，禁不住痛哭流涕。阿囡呀，爹对不起你娘，对不起你啊！

章父一五一十讲了一件令凤仙难以置信之事。

原来，在骆年康来绍谋生之前，他已在老家枫桥，与一山里女子结婚，而且早就有了一双儿女，如若不是今日章父遇见枫桥故友聊起家事，章家人还一直蒙在鼓里。

凤仙就觉眼前一黑，身体一软倒在了床上。

骆年康顶着一头汗珠回来了。章父操起门后的箬帚，劈头盖脑地抽过去。畜生，我打死你！

知道东窗事发了，顾不得章父的抽打，骆年康几步上前跪在床前，拉起凤仙的手，使劲地往自己脸上打。阿凤，对不起，对不起啊！枫桥那里是我爹娘在世时订下的娃娃亲，一切都是我的错呀！

"梧桐树，三更雨，不道离情正苦。"躺在床上的凤仙，用自己才听得到的声音无力地喃喃着，成串的眼泪，顺着眼角滴落在象牙白的绣花枕套上，湿漉漉的一大片漫延开来。

屋外，一阵河风吹过，几支紫色的风铃挣脱了枝干，从梧桐树上飞将下来，静静地躺在了干燥的泥土上。不远处，一只柴船正从八字桥下穿过，沿河道缓缓而来。"买柴哉！"悠长的吆喝声，惊飞起白墙黛瓦上几只雀儿的翅膀。

阿岐走了，小红没有大哭。章父走了，凤仙也没有大哭。

她俩的眼泪早就和着一年又一年的风霜雪雨，埋在了河畔深深的泥土里。

得知骆年康病逝在枫桥的那天，凤仙只是让几个孩子去了枫桥吊孝，自己默默换下褐色宽袖香罗衫，用白纱线在发髻上缠了几圈，然后独自去了锡箔作坊，跟几个伙计交代了善后事项。数日后，锡箔作坊转让给了章家的一个外戚。而凤仙带着小红和孩子们，守着河沿祖屋，看道地的桐花开了又谢，谢了又开。

抗日战争时期，凤仙家屋檐下、道地里少了柴船歇脚的山民，却不时有打鬼子的过路队伍留宿的身影。这时候，妯娌俩就会像当年给船家端凉茶那样，烧起大灶，泡上一大锅茶给赶路的队伍解渴。

对凤仙来说，除了日寇进城、小镇两次沦陷那二年，她带着孩子们在小红娘家的陶堰乡下避难，一生中其余日子的烟火，都升腾在河沿祖屋的每一个清晨与黄昏。

有出息的孩子们是凤仙最大的宽慰。一子成了解放后古城的第一批警校毕业生之一，并前后担任当地公安特派员与派出所副职；一子从军，退伍后担任某技校的书记；独女随南下干部的夫君从事革命工作，后在航运部门担任行政职务。闲不住的凤仙就穿梭在几个小城间，帮儿女带孙儿们。

许多年后，凤仙的孩子们遵母亲"跟骆年康死不同穴"的遗言，把老太太安葬在了古城侄儿支农过的下灶，一处秀竹环绕的山腰。每年清明，长辫及腰的女孩就会和他的哥哥们来到这里。彼时，山脚的油菜花黄灿灿地热烈着。

"梧桐生矣，于彼朝阳。萋萋萋萋，雝雝喈喈。"女孩轻轻念着奶奶教过的诗句，拿红漆把墓碑上"章凤仙"的名字描了又描，而后把黄的白的菊花和着几枝菜花，一起掰碎了，撒在坟头新铺的黄土上，望去，美得就像奶奶花绷上的刺绣。

秦望山与秦始皇

秦始皇三十七年，一句"东南有天子气"的流言，在坊间甚为流传，自然也传到了始皇帝嬴政的耳朵里。无风不起浪，这还得了，要知道，皇帝的子孙都在咸阳呀。

此时四十九岁的皇帝，虽说正值壮年，但自统一六国、一匡天下以来，为长扬声威、稳固统一，九年里他已四次出巡远游，足迹遍布六国故地，长年累月的殚精竭虑，身体已大不如前。再加上近年来，接二连三出现"荧惑守心"异常天象，与"刻字陨石""沉壁复现"等诡异事件，使得始皇颇感疲惫与忧心。

是日，其传召宫中太卜令，择时一同前往太庙，占卜得卦"游徙吉"。始皇认为此乃天命所趋，便下诏迁徙京城数万百姓，并以爵位相赠。同时，始皇第五次巡游亦拉开帷幕。

虽已心力俱瘁，然心系帝国千秋基业的秦始皇，不能不拖着疲惫难堪之体，亲临东南，以震慑那个潜在对手。在其潜意识里，他将"东南有天子气"的那个应命之人，牢牢锁定在江南之地。

南游会稽，是始皇帝此次南巡的重点之一。

始皇曾说，"越有神山"。观其历史，会稽郡曾出过一帝一霸。帝，乃治平天下洪患，又于会稽宣告夏王朝诞生之大禹；而霸，则出自会稽都邑，卧薪藏胆、兴越灭吴，成为春秋后期最后一个霸主的越王勾践。因此，始皇对会稽这块土地深有敬畏之心。曾为越国国都的大越，仍然是越人的精神中心，其潜在势力，对始皇构成了一种精神上的威慑。

会稽郡山阴县令，接到皇上的出巡公文后，马上召集众乡官，准备迎接巡游大部队的相关事宜。

据公文所悉，皇上此至会稽，要登临会稽山脉的南山祭祀大禹。

南山为会稽名溪——若耶溪发源地之一，海拔五百有余，奇峰幽谷、风光旖旎，且为会稽山天柱峰、云门、法华、兰渚、香炉、委宛等众山的最高峰。因山顶处有岩石较为平整，无甚灌木植物，所以当地人又称它为"燕子岩头"。

乡官们回来后，把任务落实到相关村落。村里的亭长马上张贴告示，在村民中招揽人马，为解决庞大的巡行队伍彼时的饮用水问题，开挖水井；另又挑选若干名身强力壮、熟悉地形的本地人作为上山向导。

乡绅们听说皇上要来此地视察，自是受宠若惊，纷纷解囊响应。

公元前 210 年初冬，黄屋左纛、千乘万骑的巡游队伍，到达了会稽城外的南山脚下。

始皇帝此次出巡以来，一路跋山涉水，数月的车马劳顿，其身体更为羸弱。

在山脚村舍，疲惫的始皇帝喝着用甘甜的井水烧煮的日铸茶，顿感神清气爽。望着竹林夹道的陡峭山路，一股熟悉的征服欲直冲其丹田。略作休整后，他不顾大臣的劝阻与山高路险，坚持要亲自率众人上山。

几个壮硕的村民向导在前面带路，始皇甩开侍从搀扶的手，沿着上山道的条石，奋力向上攀登。越往上爬，山势越发陡峭，尽管已走得五步一喘、十步一歇，然从不愿服输的嬴政，岂肯半途而折。好在山路两旁多有葛藤可攀援，皇帝便效向导之举，亦借力而上。

众人行至山腰，但见山势巍峨，竹林深深。溪泉畅流，飞瀑直泻。翠壁千仞，怪石矗立。

"伟哉，妙哉，真乃神山仙居也！"叉着腰，环顾四周的始皇帝连声赞叹着。

澎拜的兴致如一支强心针，注入倔强的嬴政体内。他咬咬牙，使出洪荒之力，终于登顶这座不易攀爬的南山。

在山巅朝拜完大禹，秦始皇俯首望着脚下这片被其征服的土地，志得意满。此刻，一代霸主透着君临天下、舍我其谁的威严和雄仪的气势，眺望着远处浩瀚的大海，思潮如涌。

激情之余，他命随行的丞相李斯，手书小篆，铭文刻石，以颂其政德。

由此，后人便把南山改称为秦望山，把留有李斯二百八十九字《秦会稽山刻石铭》(俗称《李斯碑》)碑石的鹅鼻山，改名为"刻石山"。从此，秦望山成为众多文人墨客纷踏而至的名胜之地。东晋书法传家王献之曾在此隐居，后诏建为千古名刹云门寺。

直至今日，云门寺里还保留着历代诗人和名家涉足秦望山的诸多作品。

"秦望独出万山雄，萦纡鸟道盘苍空。飞泉百道泻碧玉，翠壁千仞削古铜。"明代哲学家王守仁所诗《登秦望山》，便是其中之代表。

射的山传说

会稽城外东南方向十五里处，有一山，名"射的"。因其岩壁上，有一天然白色石盘镶嵌其中，远望之，像是射箭的靶，故名。

相传，很久很久以前，有一群羽人路过此地。他们长着人脸鸟身，头着两尖帽冠，后背有一对羽翼，身形飘逸，能升空行云，来去无踪。他们还能与山中鸟类交流沟通，所及之处，雀鸟随之。偶有窥见者，视之为飞仙。

飞仙们见此地峰峦秀美、翠竹幽谷，飞瀑碧潭、溪流淙淙，便收羽逗留，歇息游戏。

此时，山风徐徐，阳光暖暖地铺满山谷林间，高耸的岩石旁，怪松搭棚，古藤蟠缠。仙人中，有一白须年长者，带着几个年幼羽人，来到高处一临潭石壁前，授之予箭术。

只见老仙人双腿相盘，闭目运气，而后睁眼定睛，双掌发力。一霎那，一声轰响，石壁便平如镜面，中有圆形白盘，豁然呈现。一众小仙人纷纷雀跃欢呼。

随后，长者让小的们垂手而立，站成一排，一字一句，缓缓教授静心大法："起射前，必须聚精会神，排除一切杂念，在安静而清醒中，保持意念专一。"

接着，临风而立的老仙人，摸一把飘动的白须，从站立、搭箭、握弓、勾弦、转头举弓、开弓、靠弦、撒放、收势等步骤一一传授箭法。

小仙们毕竟灵性，稍时，便一一领会。

当下，老仙人宽袖一挥，一面大鼓自空中应声落地。小仙们的射箭比赛开始了。

一旁围观的仙鹤，主动担当了衔箭的任务。刹那间，以白盘为靶的石壁四周，鼓槌擂动，飞箭如雨，鹤鸣声声，好一处仙家天地。

有诗为证："绛仙台畔穿梭箭，射的潭边衔鹤翩。秀竹安知何缘仙，翠峰可辨世外天。"

夕阳落山时分，小仙们随长者尽兴而归。翅影扇动间，众飞仙消失在山背后的晚霞中。山林复返宁静，只剩下绿茵深处的鹤鸟们，私语窃窃。

从此以后，每到月盈日，这群羽人飞仙便会再次飞临而至，或棋、或箭，或憩、或嬉，好不自在。他们在山的西面遮阳处，还辟出一见方三丈的石室，用作休憩处。此石室因了仙道，冬暖夏凉，遮风挡雨，着实山中一方别有洞天处。

某一日，这群仙人在山中乐而忘返，错过了折返时辰。

天黑前，仙人们凝神聚精，用意念在高处择树搭窝。是夜，飞仙就在这树窝里安眠将息。东方日出前，北坡石壁处隐出一丈高二十有余之船帆，而后一道水路浮现，直通云端。仙人们鼓帆乘风而去。

此后，再未见有飞仙降临重返。唯有山北壁处之石帆，至今仍依稀可辨。

令人称奇的是，那临潭高处石壁之白盘，自仙人离去后，常会色异，或白或玄。色白日，山下农家卖谷可值千铢；色玄日，谷价贱跌百钱。射的石，成了农家估价出谷之神物。射的山亦因此而出名。

历朝历代中，后人多有留下关于射的山之记载或诗作。早年随父隐居云门的南宋诗人陆游，亦在其所作的《射的山观梅》诗中，提到了"射的"之石："餐玉元知非火食，化衣应笑走京尘。即今画史无名手，试把清诗当写真。"

白鹤山之"仙鹤衔箭"传说

南宋文学家及诗人陆游，在其《剑南诗稿》中，有一题为《小雨泛镜湖》之诗。诗中写道："龙化庙梁飞白雨，鹤收仙箭下青芜。"

诗内所言"鹤"与"仙箭"，源自放翁先生早年，随家人于云门寺三座副寺之一——广福庵隐居时，耳闻当地一则传说故事。

在会稽县南十五里处，有一山，当地老百姓唤之"白鹤山"。山不高，但颇有仙缘。

相传古时候，有一通灵白鹤在此附近修炼。

此鹤，端得是丰羽丹顶，长喙如剑，神眸澄澈，飘逸雅致，仙风道骨卓然。

弯指而数，鹤君避世潜修，已度七七四十九之十番轮修，可幻化人形。再逾四季，便满五百年修为，眼看出神入化，立仙班之大功即将告成。

是年，刚入春。二月山谷，冷泉清溪，潺潺汩汩。簇簇迎春，黄澄澄，长于错综交缠之坚挺枝条，从谷底一路攀爬至高处。

美者，不可方物。

真可谓：烟岚出岫秀竹翠，神谷入幽素馨垂。

饮过晨露，鹤照例面向东方，引颈鹤立，闭目钳口，采气吐纳，修炼旦时之木气。

正当祂欲入定之际，忽闻头顶掠过扇翅声，瑟瑟然。鹤眼定睛圆睁，见一群羽人飞仙，正往邻山飞度而去。

当下，鹤受其感召，亦随尾而去。

飞临山岩边，鹤见一白须长者，正率众小仙，于一白色石盘前射箭而赛。

长者嘱鹤："可愿衔箭相助尔？"

鹤垂首答曰："诺！"

长者复许，彼时同赴不死之乡。

鹤闻之欣然。

此后数月，每逢月盈之日，飞仙复返，鹤守约为其衔箭。

某日，一箭失射飞离。鹤找遍谷底、溪沟，四处觅之，无果。

于是，祂翻过山岭，看到一片墓地，丘然绵之，鹤便用利喙刮土寻箭。直刮到喙创累累，直刮到堆土成山，仍不见失箭踪影。

正当鹤垂头丧气欲返之时，一阵少年的《越人歌》声，从不远处的林子里传来——

……

山有木兮木有枝，

心说君兮君不知。

鹤眼望去，林间山溪旁，一拾柴少年手里，正是祂寻觅良苦之失箭。于是，鹤念动咒语，意念间，即刻变成一白衣后生，飞奔过去。

鹤君拱手相告："小哥，此箭，乃小生所失之物。如若归还，定当遂你所愿。"

话说此拾柴少年亦属灵根之辈，小小年纪便有察人之术。他见眼眸若星、身姿飘逸的鹤君，悄无声息地忽现于此荒山野林，定是仙类无疑。

少年作揖回礼，递上羽箭，并央求道："此若耶溪山道不易，又有乱风阻路，拾柴者多有难处。愿日后朝迎南风暮送北风，拾柴人得便利也。"

此后，鹤果不食言。少年亦遂愿。

数月后，鹤君修功圆满，随羽人飞仙而去。

由此，"仙鹤衔箭"传说，成为当地人茶余饭后之美谈，"白鹤山"之名也因缘而生。

至今，相关传记还载于南宋会稽内史孔灵符所著《会稽记》中。千百年来，如同放翁先生一般的诸多诗人，以"白鹤衔箭"为题材，竞相吟咏，而留下的诗作更似瑰宝，千年传诵，经久不衰。

樵风泾之"郑公风"

自古以来，若耶溪畔有关郑弘的传说，一直在当地口口相传，"郑公风"便是其中之一。

先说说历史上的郑弘其人。

郑弘为东汉会稽山阴人，出身于官宦之家，曾祖父郑吉曾为西汉首任西域都护。而郑弘自己在官场上，从一名小小的乡官一直升任到朝中宰相，再到后来被人诬陷而遭罢免，一生清廉正直，为后人所称道。

传说，郑弘年少时，住在若耶溪畔樵坞村。家贫如洗，他以上山采柴、下山卖柴度日。经常来往于若耶溪附近的上灶与会稽城之间。

会稽山一带木盛竹茂，入山不缺无柴可采。

平日里，他由若耶溪出入山中。若耶溪畔有射的山，分成东西两座，隔溪相望。

西边的一座，山腰有"壁方三丈"石室。当地传言，曾有羽人飞仙来此游息。东边一座，山崖高处石壁有圆形白石，形似射的，传云为"仙人射的"之处。

郑弘经常上射的山采柴，只是搬运柴木非常辛苦。有诗为证："绕林山竹深，华盖绿荫沉。晨岚忙樵肩，暮色汗柴船。"

那时，若耶溪上灶江只通射的山下。郑弘需把所采之柴，先一担担挑下山，堆积在射的山河埠头，再落船运城，或沿河兜售叫卖，或低价卖给城里柴店。每日刨去租借柴船铜钱，柴铟实在所剩寥寥。

所幸郑弘能吃苦耐劳，生活节俭，几年下来积攒了点钱，又在远亲近邻处借了些，终于买上了一只有船蓬的柴船。这可是郑弘存了很多年的心愿呢！

有了自己的运柴船，郑弘上山采柴的劲头更足了。他常常一边筑柴，一边唱山歌。射的山间，回荡着郑弘的歌声，一直传到若耶溪畔："今夕何夕兮搴舟中流。今日何日兮得与王子同舟。……"

在射的山西南，还有一山，当地村民传言山上有一白鹤修炼多年，若有羽仙来射的山射箭，此鹤便会前去替仙人们衔箭觅箭。并传说此山正是仙鹤"刮埌"索箭，积土而成，故而名唤白鹤山。

一日，郑弘发兴走远了些，来到白鹤山采柴。

但见雨后初晴，山雾似轻纱般飘摇。古木参天，秀竹林立；鲜苔缀石，兰草芳菲；山道弯弯，泉水叮咚。好一处幽谷胜景。

郑弘见日上三竿，不敢闲歇有时，赶紧在林中四处采柴。忽然，他在柴蓬里发现一支遗箭。捡起来仔细端详，见羽簇异常。

"咦，此深山野岭，何来此等异箭？"郑弘心里甚感纳闷。

于是，他用脖上所挂汗巾，把箭上上下下擦净后，挂在柴垛上，准备起肩，挑柴下山。

　　"小哥暂且留步！"一声招呼从郑弘身后忽然响起。

　　郑弘吓了一跳，担着柴，回身一看，见一白衣俊郎随尾而立。

　　"小哥，你柴垛上的箭是我遗落的，我已找寻多时。"来者拱手相告。

　　郑弘放下柴担，从柴垛上取下箭，握在手里。他仔细打量忽然出现的寻箭人，见其剑眉星目，风神迥异，回想村人所传之说，心下明白了三分："此君十有八九乃仙类也。"

　　又听来人说道："若将此箭归还，定遂你一个心愿。"

　　郑弘闻之欣喜，便拱手回应："采柴人常常苦于若耶溪刮乱风，运柴受碍，多有不便。愿日后朝南暮北风，助我行舟。"说罢，郑弘双手相递，归还遗箭。

　　"好嘞！"话音刚落，一阵大风忽地吹来。转眼间，白衣俊郎已飞上云天消失得无影无踪了。

　　次日，早起来到若耶溪畔的郑弘，辨辨风向，果真是南风！郑弘对天相拜，以示道谢。

　　太阳落山前，郑弘满船而行时，发觉北风送船，不楫而舟。

　　"果不食言啊！多谢仙家，多谢仙家！"郑弘再次向天而拜。

　　从此，朝行南风暮送北风，成为此地风向规律。沾光的樵族，把此风唤作"樵风"，若耶溪这一段行船水路，也因此称为"樵风泾"。

　　郑弘后在官场，不论是当乡官还是作宰相，一直深得民心。他死后，当地老百姓为了纪念他，把"樵风"改称"郑公风"。

晋唐时期，为云门寺鼎盛时期，络绎不绝的文人墨客，经由若耶溪而至云门寺。由此，若耶溪旁的传说故事，也纷纷成为大家们佳文诗作之题材，而广为传诵。"郑公风"之传说亦然。

"碧山重叠水溶溶，南北朝来旦暮风，岩壑会稽真胜绝，樵苏犹是汉三公。"

"水南门外耶溪东，多少游人棹短篷。一自仙郎移羽箭，晚风归去趁樵风。"

"半肩樵采若耶中，暮向朝南一棹通。拾箭有缘酬尔愿，行舟无碍仗神功。挂帆应喜随波稳，归橹何虞扑面冲。堪笑村中同往者，淹留难趁郑公风。"

……

有关樵风泾"郑公风"的传说诗文，后来还收录在云门寺的丽句亭，笔墨飘香，遗世芬芳。

若耶溪畔采莲女

　　若耶溪，在会稽东南的若耶山下，是鉴湖三十六源的最大溪流，自平水而北，流入运河。其历史早于云门寺，无论是方志、史书，还是文汇、诗集，都留有记载。从盛唐开始，沿着若耶溪至云门寺，更是成了诸多文人墨客心向神往、趋之若鹜之地，从而也留下了众多以若耶溪为题的诗文佳作。

　　因溪而诗，由诗而名，若耶溪，便在岁月里的沧澜里，静静地流淌着属于它的诗与传说。

　　千百年来广为传诵的李太白《子夜吴歌——夏歌》，描写的正是若耶溪畔的一则千年传说。

　　相传春秋战国末期，越败于吴。越王勾践入吴为奴，三年后始返。勾践启用臣之"美人计"，欲雪耻报国。越大夫范蠡受命，在越地诏选了八位姿色出众之美女，集中在土城山，加以训练歌舞等才艺，以待是日。

　　众丽姝中，包括来自越国苎萝村的一对浣纱女——西施与郑旦。其日后忍辱负重，以身报国，为越王勾践消灭吴国，作出了不可磨灭之功勋，此乃后话。

尽管生在农家，西施与郑旦却出落得粉面桃花，丽姿出众。尤其是西施，据当地人传闻，只要施姑娘去浣纱，连那些河面上的鱼，也会被惊艳到沉而不知。

由此，苎萝村有位"沉鱼之容"女子的传闻，一传十，十传百，方圆五百里，人人皆知。范大夫便是闻讯而亲往诏之。此为西施第一次见到范蠡。

话说是年仲夏，范蠡传教官带土城山受训的姑娘们，来至若耶溪消暑。

且看若耶溪上，绿荷菡萏，清波生涟。四面八方的游人或船或步，纷至沓来。

"嗨，西施，采莲去啰！"

一叶木舟推开层层荷叶，只见船上坐着一笑靥如花的女孩。正是西施的好闺蜜郑旦。郑姑娘生性活泼，而且略通武术。此刻，她一边使劲地划着船桨，一边脆生生地招呼着溪边正在洗衣服的西施。

"好嘞！"西施满心欢喜地答应道。

收拾起洗衣盆，西施脱下木屐，撩起衣裙，上了女伴的木舟。

嘻嘻……碧荷连天处，一阵河风吹来，把采莲女孩欢快的笑声，和着弥漫的荷香，传到了若耶溪畔。

有诗为证："若耶溪畔采莲女，笑隔荷花共人语。日照新妆水底明，风飘香袂空中举……"

彼时，溪边挤满了看风景的人。他们踮起脚尖，不知是看荷花，还是在看采莲的姑娘。

随着一阵马蹄声由远至近，一个眼神深邃、玉树临风的中年男子下了马，加入到岸边看风景的人群里——此人正是越大夫范蠡。

满载而归的女孩们上得岸，避开众人。只顾低头走路的西施，一下撞在了正站在溪畔不远处的范蠡身上。竹篮里的莲蓬撒了一地。

"对不起、对不起！"西施见状，一下羞红了脸。她一边连声道着歉意，一边慌乱地捡拾莲蓬。这是西施再次见到范蠡。

范蠡默默地笑着说："西施姑娘不用多礼，我们后会有期！"

说完，范大夫牵来马匹，翻身上马，扬长而去。

望着尘土飞扬处，一种别样的情愫在西施心头滋生。

此后，越予吴"遗美女以惑其心，而乱其谋"之术战，悄然伊始……

"镜湖三百里，菡发荷花。五月西施采，人看隘若耶。回舟不待月，归去越王家。"

美丽的传说在诗行间，在若耶溪畔，余音缭绕。

彼时，若耶溪至云门寺周边村庄的村女，亦把采莲浣纱作为时尚。而越女"采莲""浣纱"，也成为唐宋以来的文人、诗家，其作品里的一道美丽风景线。

后人则把西施敬称为"西子"，若耶溪亦又名"浣纱溪"。

丽句亭名由

云门山下云门寺前，曾有一亭，名唤"丽句"。亭内刻有许多赞美云门寺的唐贤诗赋。亭名与唐朝诗人秦系息息相关，源自其所作《山中奉寄钱员外兼苗发员外》一诗中，"高吟丽句惊巢鹤，闲闭春风看落花"的诗句。

秦系为越州会稽人，文才出众。天宝末年"安史之乱"时，秦系携带妻儿，居剡溪避乱。彼时，其常至石崖水边垂钓，自号"东海钓客"。诸多署名为"东海钓客"的诗文，便在剡溪一带盛传。

当时，兼任越州刺史的朝中大臣薛兼训，非常喜欢"东海钓客"的诗文。他派人了解后，方知此人为暂居剡溪的秦系。此后，但凡秦系有新作文章或诗赋，他必定会想方设法让人取来，细细阅读，并加以点评而首肯。

薛公惜其文才，赏其思略，觉得秦系是一位不可多得的才俊之辈，便奏请朝廷授其为官。但秦系却不愿为官，托病辞免。

后来，因家事遭人所谤，秦系离开了剡溪，独自回到会稽山若耶溪旧居。每日里，他深居若耶溪畔，作诗著文，仅收授一些慕名而来的学子，随之研学。

有诗为证："独将诗教领诸生，但看青山不爱名。满院竹声堪愈疾，乱林花片足忘情。"

曾隐居剡中镜湖间的名士朱放，那几年与暂避剡溪的秦系互为好友，后去江西为官。听说秦系独自回到若耶溪，便特地从水路乘舟，一番辗转达会稽，前来若耶溪拜访秦系。

故友相见分外亲。两人相伴，一同在会稽山间边游览，边吟咏，尽兴之极。

时值晚秋，山上栗树已成熟。两人便兜衣捡拾满山坡滚落的毛栗。秦系感叹之余，作《晚秋拾遗朱放访山居》一诗，相赠故友，以抒情怀：

> 不逐时人后，终年独闭关。
>
> 家中贫自乐，石上卧常闲。
>
> 坠栗添新味，寒花带老颜。
>
> 侍臣当献纳，那得到空山。

此次相访秦系而归的朱放，感触良多。几年后，亦效当年秦系，托辞不就。

随着云门寺名声鹤起，经由若耶溪至云门寺的这条线路，成了时人纷沓而至的热门旅地。性静恬怡、不喜喧哗的秦系，便又辞别若耶溪旧居，乘舟南下，来到泉州的南安，上了九日山。

此后，秦系便在九日山结庐筑室，偃卧栖息，穴石为砚，自号南安居士，静心注读老子的《道德经》。

秦系上山后，终年不出。一些敬佩他的当地官员和名士，便常常上山拜会他，逢年过节馈送牲礼酒食。秦系往往以诗词回赠谢答。其中有一首《答泉州薛播使君重阳赠酒》诗，在坊间广为流传，后亦刻在云门寺丽句亭内。

诗曰："欲强登高无力也，篱边黄菊为谁开。共知不是浔阳郡，那得王弘送酒来。"秦系淡泊名利、崇尚自然之心志，在诗里可见一斑。

秦系在九日山隐居足足二十六年后，重返吴越故地。离乡数十年，若耶溪畔的会稽山依然是山峦叠嶂，岩峣峥嵘，冷泉幽然，古柏参天，犹如世外天地。

呜呼，叶落归根！这一刻，伫立在若耶溪畔的秦系老泪纵横。

早先溪畔的林中旧居，早已在岁月风雨侵蚀中，成为满地荒草的残垣断壁。秦系见不远处半山腰山石边的一颗古松，虽树皮皴裂，枝干盘虬，但树顶松针华盖，郁郁葱葱。他便倚着山石，在古松下搭了一间茅草屋。

每当日落黄昏，倚松而憩的秦系抬起头，凝视着夕阳下傲然屹立的古松，归属感澎拜着。

此后，他以古稀之年，经常在今江苏、浙江一带，云游四方、纵身山水，直至八十余岁寿终正寝。

自唐宋以来，出自会稽的秦系，其诗文与节气深得文人墨客们所推崇，而在越地尤甚。乃至云门寺建造丽句亭时，众口一致赞同，以秦系所诗而名之。

十年游罢古招提，路入云门峻似梯。秀气渐分秦望岭，寒身犹入若耶溪。

　　天开霁色澄千里，稻熟秋香互万畦。多少灵踪待穷览，却愁回驭日平西。

　　这首秦系的《云门山》，与众多脍炙人口的丽句亭诗篇，曾在岁月深处，相伴云门寺，见证千年风雨。

"洗骨池"的来历

　　相传，宝掌和尚因其手握珍珠、成拳出生，所以取名为"宝掌"。唐高宗显庆二年，宝掌和尚已高龄一千零七十二岁，人称千岁和尚。

　　离开黄梅双峰祖寺，走访名山大川，礼拜各地尊圣，并随处讲经布道的千岁和尚，彼时，已重返江浙，隐居在浦江的司空山。在得知好友朗公圆寂的消息后，他默默地整理出以往朗公的来信，在一个月明星稀之夜，就着月光，把它们在院子里焚化了，嘴里喃喃有声："去了！去了！"

　　之后，千岁和尚渡过钱塘江，辗转至会稽，经若耶溪，"挂笠"云门寺（旧时，"挂笠"多指出家人歇脚静修）。此行，他还随身带着一形影不离的小白狗。

　　春日午后，阳光暖暖地撒在云门寺里，小白狗蜷卧在千岁和尚脚下。老禅师一边弯下身来，轻轻抚摸着"小白"，一边给身边叫如光和慧云的二位徒弟，讲起了有关"小白"的故事。

　　这小白狗，乃是当初千岁和尚与朗公交往多年的信使。但凡千岁和尚有信写给朗圣禅师，每次都由"小白"，从浦江送达朗公独居的淀溪。过后，再由朗公所养的黑猿送回信，至千岁和尚隐居的司空山。两位老禅师这样情谊交融的信笺交往，直至朗公圆寂。

睹物思人。这小白狗也便成为千岁和尚的一点念心。

两徒弟听罢，不禁唏嘘不已。颇具灵性的"小白"，在千岁和尚脚下摇摇尾巴，眼帘下垂，似乎也在想念朗公。

转眼到了夏季。这一日是农历七月七日"乞巧节"。白天，来云门寺烧香祈福的姑娘和小媳妇们特别多。待人散寺静，寺院上空已是月华如练，繁星点点。

忙了一天的如光和慧云，关了寺门后，急忙跑去偏殿旁的藏经楼，他们的老禅师已在此禅坐数日。

两人刚跨进门槛，只见千岁和尚仍闭目打坐在蒲团上。见此光景，二位徒儿不敢造次扰师，双双侍立在侧。忽然，只见千岁和尚睁开眼，向如光、慧云两徒缓缓说了一段偈语：

> 本来无生死。
> 今亦示生死。
> 我得去住心。
> 他生复来此。

刚说完，老禅师便闭目入定。徒弟们恐有闪失，轮流陪在千岁和尚身边。

七日后，陪在老禅师身边的小和尚，见师父透了口气，缓缓苏醒过来，连忙跑去叫来了众师兄。大家齐齐跪坐在千岁和尚跟前，听师父交待要事。

老禅师嘱咐一众徒弟，等他圆寂后，在若耶溪南岸建座塔，把他掩葬于此，守塔养护，待过五年后，自有中天竺（今印度）人会前来迎他的遗骨回归。末了，他再三强调于徒弟们，到时，千万不要对来人有所阻拦。

千岁和尚刚说完"切记，切记！"四字，便与世长逝。众徒弟送别老禅师，跪在藏经楼，久久不愿起身。如光和慧云劝慰着大家："师弟们别难过，师父这是功成圆满，得道升天啊！"

守灵三天三夜后，徒弟们按照师父所嘱，在云门寺前，依山傍水的若耶溪南岸，用青石修筑了一座石塔，恭恭敬敬地把他们师父的真身安葬妥当后，日夜派人守护此塔。据传，落葬封塔时，四面八方闻讯而至的人们，黑压压跪满了塔前。众人对千岁和尚传奇的一生，莫不如雷贯耳，敬重有加。

红尘飞度，岁月匆匆，距离千岁和尚离世五年过去了。其间，云门寺守塔的小和尚多次看到，在风雨交加之夜，墓塔便会散发出亮丽神秘的光泽。寺里僧徒们纷纷传言，那是老禅师回来了！

唐龙朔二年仲夏，这一日是农历五月初五，家家户户都在祈福纳祥过"端午"。如千岁和尚生前所预言那样，若耶溪畔墓塔前，果真来了一位远道而至的中天竺僧人。

守塔的小和尚不敢怠慢，忙放下手中刚要食用的粽子，去报告寺里的师兄们。

等云门寺的师徒们赶到时，只见那天竺僧人正在绕塔顶礼中。而后，只见他跪在墓塔前，口中念念有词。一会儿，只见原先封住的塔门自动打开了。众师徒想起千岁和尚临终嘱托，便没有阻拦他。

就在墓塔打开的一瞬间，在场的所有人发现，塔内千岁和尚的真身舍利，散发着耀眼的光彩。舍利洁白而带有红色纹理，显得无比的庄严而神圣无暇，当时令人肃然起敬。

众人惊叹间，那高僧已完成祷礼仪式，起身，双手合十于胸前，走近真身舍利，再躬身拜过后，提起头骨，不停地振动。真身骨架舍利居然完好无损，没有一块散落下来。

接着，高僧捧着千岁和尚的真身舍利，来到墓塔一旁的水池边，把骨架放入水中，又从怀中掏出一块洁白的丝巾，仔仔细细地洗了起来。

仲夏的阳光映照在洁白的宝骨上，舍利如宝石般光耀闪烁着，水面上跳动着五彩的光环。所有人都看呆了。

这时，天竺僧人小心翼翼地擦干舍利后，把它藏入了随身的包裹之中。临走前，他向云门寺众师徒施礼后，转身，头也不回地向西疾行而去。

众师徒俯身于地，相送千岁和尚舍利。彼时，天上漂浮着朵朵五彩祥云，空中隐约传来了阵阵梵音佛曲，悠扬婉转，美妙绝伦。许多年后，云门寺的老僧人们回忆起当年塔前情景，还在称那仙乐神曲，当时三天三夜不绝于耳。

千年传说已成为云门寺美丽的故事，世代传诵着。而那千岁和尚的"洗骨池"，伴着舍利石塔，在历史的长河里恒古流芳，名声隽永。

云门草堂与寿圣院

南宋绍兴四年。初冬的若耶溪，已是寒风瑟瑟。一只乌篷船朝着云门寺方向，缓缓地行进着。

竹乌蓬下，坐在草席上的男孩，睁着一双清澈的眼睛，朝船舱外望着。他的身旁，是一披着玄色香罗纱斗篷的妇人。在他俩的前面，坐着一位着宽袖襕衫、神情凝重的中年男子。

此时，山岚树影，倒映溪镜，鸟儿翩飞，鱼群畅游。船过处，涟漪泛泛，残荷起伏。妇人用手搂过男孩肩膀，轻声问道："观儿，好看吗？""嗯，好看！母亲。"男孩咧着嘴开心地说。

一只水鸟急速地滑过宁静的水面，男孩禁不住吟诵起来："轻舟去何疾，已到云林境。起坐鱼鸟间，动摇山水影……"

这小男孩，便是刚满九岁的少年陆游，与他同船的则是小陆游的父亲和母亲。

曾为地方官员的父亲陆宰，早在建炎初年，曾落职回乡，专注于藏书和读书。出生于书香门第、却生逢乱世的陆游，便跟在父亲身边，勤奋读书。

此番出门，小陆游是跟着双亲，一同来云门寺隐居的。

"呵呵，务观啊，你会喜欢这里的！"一跟儿子说话，陆宰严肃的表情便放松下来。小小年纪便勤奋好学的小陆游，是父亲的最爱。

"是，父亲！"陆游恭敬地回应着父亲。在小陆游眼里，饱读经书、满腹才华的父亲，平素对儿子们虽不苟言笑，但孜孜不倦、教导有方，是孩子们心中的榜样。

说话间，乌篷船已靠岸。岸边有僧人迎候。

僧人把陆游一家带到云门寺寿圣院。寺院主持师父亲自出来迎接。

小陆游抬头看时，只见门楣上方"寿圣院"三个字苍劲有力。老师父告诉陆夫人，这门额为北宋熙宁二年，云门寺建三个副寺时宋神宗所赐。

经过第一进大殿，再穿过一个天井，来到第二进。主持老师父指着殿后的二楼告诉陆宰，这上面就是您的藏书楼。下面是书房，有教书先生会给一众小书生们上课的。陆游在一旁听着不免暗自欢喜。

"师父辛苦，有劳您了！"陆游随父母道过谢，一家便在左侧两间厢房安顿下来。

此后，每日清晨，但凡寺院的僧人们开始鸣钟做早功课时，陆游也已洗漱完毕，穿上母亲亲手缝制的白棉长背子，来到旁边书房兼私塾的教舍，临帖练字。一个时辰后，再回窝，匆匆吃罢母亲做好的早膳。

教书先生姓曾。他发现，每日来到教舍，第一个等待先生的，必定是全神贯注捧着书本的陆游。

广福院里添了孩子们的琅琅书声，也有了勃然生机。

彼时，陆父藏书楼中收集的书籍也与日俱增，他与曾老先生一合计，便把寺里的这个小楼，称之为"云门草堂"。

有一次课间，老先生笑问学生取名有何含义时，陆游便把母亲告诉他的缘由，一五一十地讲给先生听。

陆游母亲唐氏在生他的前夕，梦见了北宋被称为"苏门四学士"之一的秦观。秦观诗文了得，一向为当时文人墨客所推崇，唐氏也爱读其婉约风格的词。因为秦观字"少游"，所以，陆游出生后，便取名为陆游，字务观。

老先生听着，抚须微笑，频频点头。他直觉这个聪慧而好学的孩子，长大必定有所成就。

如此，从九岁到十七岁，陆游常常跟着父亲，少则月余，多则半年来云门寺暂居。在云门草堂跟着父亲和老师，博览群书，勤读苦练，并留下了十余万字的诗文。有诗为证："少小遇丧乱，妄意忧元元；忍饥卧空山，着书十万言。"陆游从小就有报国之志，在诗中可见一斑。

陆游十七岁的这一年年底，他要随家人回家过年去了。而且，这一去，即将成年的陆游，将要面对人生新的课题。

曾老先生与寺里的主持师父，以及从小一起伴读的小伙伴，都来船埠头相送陆游一家。

保重！保重哦！送别声中，载着陆游和他家人的乌篷船，渐渐地离云门寺越来越远了，直到寺影消逝在青年陆游的眼眸，他才发觉一直摇动的手臂都有些发麻了……

陆游离开云门寺草堂后，他的老师曾老先生，写了《题陆务观草堂》一诗："草堂人去客来游，竹笕泉鸣山更幽。向使经营无陆子，残僧古寺不宜秋。"老先生以诗寄情，表达了对这位得意门生万般的不舍与思念。

而对于陆游来说，少年时在云门寺读书时的情景，也成为他抹不去的记忆，多次出现在他后来的诗作里。

他在《追感旧事作绝句》中写道："常忆初年十七时，朝朝乌帽带而出。"他在《五云桥》一诗中注道："往时镜湖陂防不废，则若耶溪水常满，可行大舟至云门。"真切切，此情可待成追忆……

弹指一挥间。话说十五年后，当年十七岁离开云门寺的陆游，已成为风华正茂的后起之秀。这一年，三十二岁的陆游将赴任福建任主簿一职务。临行前，他特地回到故地，重游云门寺。

只是，当年的云门草堂已物是人非。曾老先生早已不在人世，寿圣院里也只剩四五个老僧人。这几个看着陆游长大的老师父，看到陆游回来，惊喜不已。他们拉着陆游的手，老泪纵横。

陆游抬头看着寺院门楣上，那陈旧的"寿圣院"门额，落寞在寒风里，也是百感交集中。

返程前，陆游因老僧人之邀，特地为寿圣院作记，"以'磨刻崖石'存作纪念，记"："忆儿时往来山中，今三十年，屋益古，竹树益苍老。"拳拳之念，溢于只字之间。

送君一别终有时。当老僧人们再次相送陆游至溪畔时，面对若耶溪，陆游诗情勃发，吟诵出千古佳作《留题云门草堂》：

小住初为旬月期，二年留滞未应非。

寻碑野寺云生屦，送客溪桥雪满衣。

亲涤砚池余墨渍，卧看炉面散烟霏。

他年游宦应无此，早买渔蓑未老归。

云门"雍熙"话前世

唐朝年间。二月的云门山，还在料峭轻寒中，黄灿灿的迎春花已爬满了山坡。

这一日清晨，东方刚露出鱼肚白，狭长的幽谷里，云蒸雾绕，涧清泉鸣。山麓南面一处寺门开了，走出一个侧背着黄色香袋，穿戴整齐的僧人，急匆匆朝覆斧岭方向走去，此人是拯迷寺的主持重曜。近年来，他致力于各处化缘募款，在云门山及其周边建寺设庵，一心为兴旺云门香火。

覆斧岭通往会稽城。今日一早，重曜便是去城里落实一件设庵之事。

话说会稽城有一陈姓员外，家族世代虔诚信佛。因陈员外日常乐善好施，常常接济帮衬远亲近邻，周边人都尊他为"陈善公"。员外夫妇有三个儿子，老大老二早已成家立业，家中唯遗小儿子伴身。

员外这个小儿子，性格安静，不喜多语，平日里除了吃饭、睡觉，基本都把自己关在书房，而且尤其爱阅读一些禅经佛书。

员外夫妇俩私下曾玩笑相言，这孩子是前世和尚来投胎。谁知戏言成真。某日，小儿子居然跪拜在员外夫妇跟前，认真地告诉父母，自己想要出家修行。任凭双亲如何慰示劝导，小儿子心如磐石。

员外夫妇拗不过小儿子，只得遂了他心意。早几日，员外听亲戚说跟云门山的重曜和尚相熟，便托亲戚相约重曜入城相商。

员外见到重曜和尚，寒暄几句后，两人便说起了正事。陈员外相询重曜，能否为犬子在云门山上造间忏堂，并表示，建造忏堂所需不用担心，自己会承担银两的。

重曜听了陈员外的要求，当即表示，只要解决款项，造忏堂没有问题，他会亲自前去落实相关事宜。

末了，陈员外从书房唤出小儿子，在前厅拜谢了重曜。当日，还在员外家摆设素宴，让小儿子认了重曜为佛门师父。

回到云门山，重曜当即在振迷寺西面的石崖附近，选定忏堂造址。这处空地，重曜已中意多时，但见石崖破壁，奔泉汨汨；重荫遮日，别有洞天。有诗为证：

怪石嶙峋好泉显，
仓桧婆娑云烟间。
寒竹倚涧荫四季，
怪藤萝立遮暑天。

不日后，重曜亲自监工，开工造堂。待房屋盖到屋梁，重曜与陈员外合计后，选了个黄道吉日，举行忏堂上梁仪式。当日，陈员外率全家从城里赶来相观。

一个月后，忏堂建造如期完工。重曜把它取名为"净名庵"，并按员外小儿子心愿，请进了一尊雕工考究的观音座像。

当"净名庵"的门额上挂之日，陈家小儿子正式入庵，落发为僧，跟随在师父身边。重曜也成为此庵第一任长老。而"净名庵"，便成为后来的雍熙院最初的院址。

岁月匆匆，转眼到了宋开宝五年。彼时，大乘佛教在江南如火如荼兴起。越州府衙中，有个新上任的名叫钱仪的观察使，素来好佛。他来云门山游览后，见此地山色秀美，冷泉淙流，再加上云门寺盛名远扬，众多来自各地的文人学士、游侠豪客纷踏而至，络绎不绝。更有甚者，或隐居读书，或研法禅习，流连忘返。钱仪听云门寺和尚说，原有的几处寺院，经常呈香客人满为患之状，由此便萌生了广寺扩院的念头。

从云门回来后，钱仪私下与几个同僚朋友茶聊时，说了自己的想法。朋友们听了纷纷附议赞同，认为此事可行。其中有一人与云门寺主持相交甚好，由他代表先去跟主持师父沟通，问问情况。

朋友见过师父，回来后告诉大家，说是云门寺以南相距一里处，有个净名庵年久失修，长老年迈力薄，然周边石崖涧水，幽然恬静，是处合适的扩寺之地。

于是，由钱仪牵头，在云门寺老禅师陪同下，拜访了净名庵长老，并婉转地表达了扩寺之意。长老说，扩寺是功德无量的好事，但要保留观音座堂，因为是开山师父一直传下来的嘱咐。钱仪点头称是。征得长老同意后，钱仪立即跟几个朋友分头落实扩寺募款之事。

有心人，事竟成。九九八十一天后，一座前有法堂，中有佛殿，后有观音殿的禅院，焕然一新地矗立在云门寺不远处。

钱仪与长老及云门寺老禅师相商后，把新禅院取名为"大乘永兴禅院"。钱仪还在禅院山门前的冷泉旁，让工匠造了一座玲珑小巧的院前桥亭。

永兴禅院落成之夜，心愿已达的钱仪，和那几个参与扩寺、志同道合的好友，坐在好泉亭里，看着大功告成的禅院，肃静在皎洁的月光下，听着山风拂松，奔涧鸣泉，不由心潮起伏，斟酒畅饮。是夜，数人无不酣醉忘归。

禅院肃肃钟晨夕，冷泉汩汩诗春秋。此后，永兴禅院与云门寺一样，香客云集、香火鼎盛，成为云门山又一处胜景。

一晃，又过了十四年。这一年为雍熙三年。因"雍熙北伐"失利，北宋将士死伤无数。宋太宗赵炅为安抚军心、抚恤军属，昭告全国各地寺院为死者做佛事，超度亡灵。同时，还为各大寺院亲赐寺名或题额匾。云门永兴禅院也得赐门额，正式改名为"雍熙院"。

从此，雍熙院成为名扬四海的云门三寺三院之一。

被誉为"范文正公"的北宋名士范仲淹曾写有《留题云门山雍熙院》一诗：

　　　　一路入襕堆，还惊禹凿开。
　　　　林无恶兽住，岩有好泉来。
　　　　云阵藏雷去，山根到海回。
　　　　莫辞登绝顶，南望即天台。

至北宋末年，陆游之祖"陆少师"，在雍熙院内隐居读书时，取范公该诗中"好泉来"之意，为院前冷泉桥亭，题写了"好泉亭"之额匾。

不知陆佃有没有想到过这一幕：很多年以后，他的孙子寻觅着祖先的脚印，徜徉于雍熙院与桥亭间，写下了传世之作——《雍熙寺与僧夜话》：

高名每惯习凿齿，巨眼适逢支道林。

共话不知红烛短，对床空叹白云深。

现前钟鼓何曾隐，匝地毫光不用寻。

欲识天冠真面目，鸟啼猿啸总知音。

刘基过普济寺与清远楼记

一早，普济寺小和尚慧可随师父砥上人，在大殿做完两堂早课后，起身，便听师父吩咐道："慧可，你待早膳后，速去清远楼准备些茶点，今日有客人来临。"

"知道了，师父！"慧可答应着，准备出殿去伙房张罗师徒的早膳。前脚刚跨出大殿门槛，师父又把他叫住了："回来回来。"

小和尚转身回到师父跟前："请问师父还有何吩咐，小徒悉听尊便。"

"慧可啊，今日为师所邀之人，乃我仰慕已久的贵客，一会儿，你到师父房里把明前日铸茶拿过去哦。"

"小徒明白了，师父！"

小和尚听说来客是师父仰慕之人，心里也非常期待。他草草用过早膳后，立即去位于寺院西侧的清远楼准备茶点去了。

砥上人见日上三竿，估摸着从灵峰寺出来，沿溪而至云门的客人，差不多走了十数里光景，应该快到了，便到普济寺门口去迎候。

虽说时值当夏六月，但寺院内古木参天，绿荫遮日，周围群山环抱，溪流潺潺，又有山风不时送凉，等在寺院门口，看着不远处金黄色一片即将收割的稻田，沉甸甸地在山风中摇曳，砥上人的暑热感顿消。

"无怪乎晋时鸿明禅师会选此地讲经布道，实乃神仙之所也！"正当砥上人默默感叹之时，沿着稻田，远远地过来了一前一后风尘仆仆的两人。

砥上人定睛望去，那两人正是他所候之客。走在前面僧人模样的是灵峰寺奎上人，紧随其后的，便是砥上人盼望已久的仰慕之人，赫赫有名的当朝诗文大家刘基，人尊刘伯温。

年前，砥上人听来上香的当地官员悄悄告诉他，刘基因在朝中提出反对招抚海盗方国珍，被罢免了浙江省都事之职，已遭"羁管"于绍兴。但因刘大人平时耿直的个性，特别是出众的文才，深得属下及一干文人墨客的崇拜与赞赏，即使被监督管制在绍兴，当地官员对他的看管也是颇为放松。所以，携带妻儿在绍的刘大人，一年多来浪迹绍兴山水，盘桓云门诸山，以诗文自娱，看似反倒潇洒自在。

砥上人久闻刘基大名，便通过云门寺主持季蘅师父，相邀刘大人适时来普济寺。

话说刘伯温在奎上人的陪同下，趁天色尚早，日头还未炽烈，由松风阁动身，出了灵峰，顺着若耶溪到了云门，再经过二三里稻花飘香的稻田，眼前陡峭处便是寺院山门。

刘基在路上闻听奎上人介绍，普济寺自晋朝以来，就是江南名刹。传说当年泓明法师在此讲经时，当地驻军中有一名叫何充的将军，喜好佛法，经常翻过寺后的山岭，来听法师讲经释道。此外，宋朝名士何胤曾在此隐居读书。所以当地人便把此岭叫做何山岭，寺也随岭别名为何山寺。

刘基等两人刚至山门，就见有僧人早就恭候在门口相迎。

"刘大人好！奎上人好！贫僧砥某在此有礼了！"

"久仰久仰！"

"上人别来无恙！"

三人见面，寒暄几句后，砥上人便引客进入山门，沿着石阶缓步登高。大概数十步后，刘基的眼前豁然开朗，但见宽阔的平地上，松柏茂密，覆盖似伞，小径幽静，其间寺院始见。

"世外之地，果然名不虚传！"刘基不禁赞叹起来。

"正是正是，正如古人所言，前人种树，后人乘凉啊！"身旁的砥上人回应道。

说话间，三人行至寺院旁西楼。刘基抬头所见，一匾"清远"高悬楼额。

砥上人告诉客人："此楼当年由云峰师父所创建，现在贫僧所居，实乃托先人之福也！"

随后，砥上人把客人带到二楼。刚落座，已在此等候多时的小和尚慧可，即刻端上茶点来。顷刻间，日铸茶的醇香弥漫开来。

慧可端茶经过刘基身边时，特地认真地多看了客人两眼。只见这位让师父敬仰的来客，目若朗星，鼻如悬胆，髭须飘然，唇方口正。好一个正气凌人的官人！师父常说相由心生，信了信了！慧可在心里欢天喜地着。

茶过两巡，砥上人见客人暑气渐消，便起身推窗，邀客相观。

刘伯温站在窗前眺望，只见窗外太阳已然高悬。不远处，群山翠叠，尽收眼底。砥上人指着群山一一列数：陶山、剌浮、柯公、秦望、紫霞……似屏风罗立，好不壮观。再观近处，有一石岗，白生生地映照在骄阳下，似白玉一般通体晶莹。又听见窗外有泉声汩汩作响，刘伯温不禁闭目静听，只觉得这泉声，由远而近，好似润过心田。

"刘大人！"砥上人轻唤一声，刘基才恍恍惚惚地睁开眼，呼将起来："绝也！非神仙莫居之，哈哈！"

等客人再次落座，砥上人就楼名请教刘大人。刘基沉吟片刻，缓缓说道："先人取字而名之，自有他的用意和道理，我等不可妄加猜测。此刻天晴，我放眼所望，满目都是山水，尽收眼帘，若是昏暗云雨日，那些还看得清、看得远吗？而这泉水，从楼外竹林根下流淌过来，汩汩潺潺，声声入耳。闭目观之感之，才算得上真正清心。"

末了，刘基起身再次踱到窗前："无求诸目而求诸心！"一语石破天惊，又似千钧重力，锤打在两位上人，以及他刘基自己的心上。

"无求诸目而求诸心。"一旁垂手而立的小和尚慧可似懂非懂地重复着这句话。

葛仙翁与若耶溪钓台

一早，铸铺岙的小牛听到鸡叫头遍，便起床了。他惦记着，昨日山上鸟窝里的鸟蛋，不知破壳了没。

小牛虽说只有十岁，却早会帮衬爹娘了。只要天晴，山路不滑，小牛都会去村附近若耶溪畔的山里斫柴，再把柴挑下山，卖给河埠头的柴船佬。每次总能换得几个铜板，回家交到娘手心。

小牛在灶台上抓了两个冷的熟红薯，在门后拿了斫柴家伙，出了门，直奔若耶溪畔。

夏日清晨的若耶溪畔，是鱼鸟的天堂。溪水清澈澄碧，成群的鱼儿不时畅游嬉戏其间。四周群山环绕，鸟儿竞相鸣唱，衬着湛蓝的天空，树蔓翠影倒映水面。

真好看，真好看！啃着红薯的小牛心里直嚷嚷。这样画儿一般的景色，小牛几乎日日看见，但在他眼里，却总是百看不厌。

忽然，一阵婉转悠扬的笛声，从溪面传来。

若耶溪畔，到处都是竹林，截一段竹子做笛子吹，是小牛和小伙伴最喜欢的游戏之一。有时斫柴累了，小牛还会直接折一片竹叶，贴近唇边，也能吹出几声鸟鸣。

可像这么好听的笛声，小牛可是打娘胎出来后，第一次听到。

不由自主地，小牛被笛声牵引着跑去。没多远，就见溪中潭近岸处，有一块石矶从溪水中孤秀而出，上面盘坐着一位头戴竹笠、身穿青色宽袖衣袍之人。他的跟前，有一长长的鱼杆垂在水面。美妙的笛声，正来自这位垂钓者手中的笛子。

小牛隔着河岸，走近仔细望去，只见那人虽闭目而笛，但斗笠下，鹤发童颜，银须飘然，仙风道骨，而袅袅笛音，更似仙乐般流转缥缈。

溪畔的小牛，痴痴地站着，看呆了，听呆了，恍若置身梦境。

等小牛缓过神来，笛声已消逝，那位吹笛者也隐入溪对岸的竹林里不见了。只有那杆长长的钓鱼竿，还静静地垂在水面。

咦？这石矶是何时冒出溪潭的，我平时怎么没留意呢。这仙翁是从哪来的，他吹的笛怎么那么好听啊！

这一日，在山上斫柴的小牛，脑子里尽是好多不明白的事。

太阳落山时，卖完柴回到家的小牛，把今日所遇之事告诉了爹娘。刚干了一天帮工活，从云门寺回来的爹爹说，今日寺里办斋，人来人往的，听了不少新鲜事。

小牛爹爹说，前些日子寺里来了一位高人，名叫葛洪，会炼仙丹，会医术。此人原是府衙官人，曾为有功之人，不知怎么地，竟弃官入山，一边著书立说，一边修道炼丹，还能救人起死回生，所以人称"小仙翁"。

小牛爹爹还说，今日已答应寺里大师父，过几天要去寺院帮忙一起挖个井，是葛仙翁炼丹需用的丹井。大师父听仙翁所言，此峡谷处有阳水之脉经过寺院，可以炼丹。

"对了，小牛，你刚刚说在溪那边碰到的吹笛人，是不是穿着宽大的袍服？大师父说仙翁会吹笛，他吹笛的时候，鸟都会跟着一起鸣叫。"

"是的，爹！"听爹这么一说，小牛那张黑黝黝、充满稚气的脸都兴奋得通红了。

此刻，喝着玉米粥的小牛爹眼神里，含着敬佩，还透着神秘。他继续给娘俩说着："听说，葛仙翁一到云门，就办了一件好事。"

"牛儿他爹，你就快讲讲是什么好事啊！"小牛娘边收拾着灶台，边笑着催问。

放下饭碗，小牛爹饶有兴致地说道开了。

这葛仙翁来到云门没几天，就听云门寺僧人讲起，若耶溪一年里，遇到雨季，特别是连降暴雨的日子，常常会泛滥山洪水灾，殃及溪畔住户。

要说这仙翁也真是神通广大，他告诉师父们，相距若耶溪一里余有座山，山脚下有四只大石龟。趁眼下夏旱少雨水位低，速去搬运两只神龟以镇溪。

于是，云门寺的主持师父，赶紧邀来相关几个村的亭长，落实搬运石龟之事。

石龟镇溪之日，葛仙翁亲自到现场主持了祭祀仪式。其中一只石龟镇在了溪中潭。

小牛这才恍然大悟，白天看到的仙翁垂钓矾石，原来就是镇溪的大石龟。

从此，小牛天天都会在鸡叫头遍早起，为的是在斫柴前，去看看那石龟上有没有仙翁在。

小牛的愿望没有落空。整个夏天，每隔数日，小牛便会在清晨如画般的若耶溪畔，隔岸看到那葛仙翁，戴着竹笠，在龟石矶上或垂钓，或吹笛，旁若无人样，日出前，又飘然而去。

转眼，过了白露。捎着凉意的秋风，一阵紧似一阵地吹过若耶溪畔。早晨，小牛再也没在龟矶上见到仙翁的身影，也听不到那仙乐般的笛声了。爹爹听云门寺师父讲，那仙翁跟两个道友一起，在寺后院紧闭炼丹房，没日没夜地在炼丹了。末了，爹还凑近小牛耳边，悄声说："听说那仙丹炼成后，人服了它可以长生不老呢！"

于是，清晨抑或日落时，小牛仍会经常跑去若耶溪畔，坐在岸边，远远地对着那龟矶发呆。他想象着长生不老的仙翁，是否就会长上巨大的双翅，像鸟一样飞到天上去了。

开春的时候，爹回来告诉小牛，葛仙翁带着炼好的丹药走了，他又去很远很远的深山炼丹去了。

后来，村里的人都在传说，那葛仙翁服了丹药羽化成仙了，他曾在若耶溪休憩的小屋里的木几，也羽化成鹿，成了仙翁的坐骑。而若耶溪自从有了石龟所镇，山洪水灾也果真减少了。

再后来，那溪中的龟矶经历风吹雨打，以及溪水的冲刷，磨成了苔矶，但依稀还能辨出伏兽轮廓。当地人都称它为"钓台"。

某年，若耶溪畔来了两位风度翩翩的谢姓才俊，一连数月，流连忘返于钓台旁、当年葛仙翁投竿之地，吟诗作赋，不亦乐乎。有诗为证：

闻说风流谢客儿，
鸰原相应日鸣飞。
仙翁遗迹云深处，
携手行吟送落晖。

不负岭

旧时，山阴与会稽两县交界处有一座岭，其形状犹如一口反转的大锅，当地人称"形如覆斧，其岭可富"，所以取名为覆斧岭。

覆斧岭，山路蜿蜒，坡陡岭高，四周群山环抱，重嶂叠翠。翻过覆斧岭，便是云门寺。

覆斧岭岭上，有间不起眼的小寺庙。说是寺庙，其实是个简易的草庵，供着几尊泥塑的菩萨，一位老师父独自守着庵。

老师父在此修行已有很多年，虽然已年逾古稀，但眼不花，耳不聋，背不驼。而且，这老师父还有一个过人之处，便是记忆力特别好，许多佛书经卷，他都熟读于心，过目不忘。

早前，他挨着草庵搭了间起居室，又在旁边的茅草地里开垦了一片菜园。平日里，除了在庵里诵经念佛，老师父有空便去打点菜地。

草庵虽小，但它处在覆斧岭山腰的过道旁，翻山越岭的路人，通常会进来歇歇脚，讨口茶水，再燃对小烛，点个香，然后往功德箱里扔几个铜板，充作香火钿。平时，不论是云门山各处寺庙的僧人，还是附近的山民，路过草庵，见到面慈心善的老师父，都会问候一声，或者聊上几句。

这不，数月前，云门寺的辩才和尚再次应诏入朝前，路过草庵，特地来跟老师父道别。回想那日，老师父清晰记得，辩才站在草庵前，面对青山苍松，泰然自若地咏诵一诗。那首诗，至今仍一字不漏地记在老师父心底：

云霄咫尺别松关，禅室空留碧嶂间。
纵使朝廷卿相贵，争如心与白云间。

老师父曾听人说，这辩才是早已圆寂的云门寺主持智永禅师的弟子。禅师在世时，没有子嗣的他视辩才如亲子。近年来，这辩才和尚已三番两次应诏上京。出家人究竟因何事需接二连三地频繁入朝，辩才不愿多说，老师父也不便多问。只是每当辩才风尘仆仆而返时，总会跟老师父打个照面，说一声，我回来了！而老师父也会合掌相敬："阿弥陀佛！保重保重！"

话说这一日，正好是九月初九重阳节。越地民间素有"重阳来登高，活到九十勿算老"的说法。因而，一清早开始，经过草庵的路人是一拨又一拨。他们大多是来登高望远，也有过岭去云门寺祈福驱灾的。于是，进草庵来点香歇脚的路人，也比往常多了不少。

老师父早有预见，一早就烧了好几木桶茶水，给过路客人凉着。

快到晌午光景，念了半日佛经的老师父，刚起身准备去菜地摘点蔬菜，熬碗红薯汤，就见一位书生模样的路人进了草庵。

因平时路过草庵的文人墨客不算少，他们大多是前往云门山寺院游历的，所以在老师父看来，这位看上去书卷气十足的客官，十有八九也是去那的。

只见这位书生在菩萨塑像前点过香烛，往功德箱扔了香火钱后，对老师父施礼相告，在下姓萧，是从东吴过来投奔山里的亲戚的。接着又说，自己从清早一直走到此时，又累又饿，能否弄点吃的裹腹，好接着赶路。说罢，萧生从随身包裹里拿出几文钱，放在供桌上。

老师父听了，回答说："老衲正要去烧红薯粥，如若不嫌弃，蔬菜、素粥，将就着吃点吧。"

"多谢师父！多谢师父！"萧生连声道谢。

吃罢午饭，萧生问老师父，从这里去云门寺还有多远，因为亲戚家就在寺附近。

老师父说，翻过这覆斧岭，就到云门寺了，若找不着地方或有难处，可以去找云门寺的辩才师父，他是个大好人，呵呵。

萧生听了满心欢喜，背上随身包裹，跟老师父道别后，继续赶路去了。

转眼，一个多月过去了。立冬后，山里的天气也冷起来了。

这一日上午，草庵里的老师父修完功课，见山色晴好，虽然背阴处北风呼呼，但太阳底下暖洋洋，便在路边靠着岩石，搭起竹晾竿，准备再晒些萝卜菜过冬。

忽然，老师父远远看见从岭那头匆匆过来一人，朝会稽城方向奔走。他再仔细一看，咦，这不就是重阳那天碰到过的书生吗？老师父还记得他姓萧。

这时，萧生已走近草庵，看到路边的老师父，停下脚步，拱手施礼："师父，别来无恙！"

"阿弥陀佛！萧施主可有找到亲戚？老衲还时有记起。"老师父颔首相问。

"哈哈，找到了，找到了！"走得满脸通红的萧生笑着回答。

说话间，只见萧生从袖中取出一卷字画，稍作展开，低头端详片刻后，即刻收拢，又小心翼翼地放回宽大的袖笼中。边朗声大笑着说："终不负此行，不负此行也！"

笑声中，老师父抬起头，顺着萧生的视线举目望去，覆斧岭上的兰草花，竟灿灿若若地满山绽放开来，在冬日的覆斧岭上，馨香四溢，随风传送。

等到萧生的背影消失在山路的尽头，老师父还站在原地纳闷：这书生到底为何事而如此欣喜不已？

太阳落山时分，云门寺的辩才师父跌跌撞撞地出现在草庵门口，脸色灰白地问及老师父，可否见到一个头戴紫方巾，身穿青色棉襦，身背包袱的书生，往会稽城方向而去？

老师父明白出了大事。他指着山路告诉辩才："这时候，恐怕人家的第二顿饭也已经烧好了！"

辩才师父一听此言，一下子瘫坐在地上，一口悔血中仰天长叹："一时大意终失荆州也！"

这时，老师父从辩才的口中才得知，那书生原是皇上派来的朝官，用计盗走了宝贝。而那宝贝便是辩才的师父智永禅师的传家墨宝《兰亭集序》。

老师父一边安抚着万念俱灰的辩才，一边喃喃自语着："一切皆为天意啊！"此后，从老师父开始，当地人把覆斧岭又称为"不负岭"。

深居精舍探访记

元至正十五年。盛夏，被羁管于绍兴的刘伯温，再次至云门游历。

这一天，伯温受云门广孝寺浮休公所邀，在灵峰寺奎上人的陪同下，前往位于若耶溪的深居精舍探访。

深居精舍，是老禅师寺外静修处。一年中，有大半时间老禅师都在此。通晓风水玄学的伯温，早就听闻"深居"美名，便想趁此机会，一探究竟。

清早，伯温与奎上人从云门普济寺动身，翻何山岭、登刺涪山，过明觉寺，拜千岁和尚塔，观大旱不干的"洗骨池"。

两人走走停停，遇松荫凉泉而歇，视飞云遮日而行。行至十里有余后，下岭便是若耶溪，而深居就在若耶溪上。

一眼望去，若耶溪口近在咫尺。

溪口处，有艄公戴着宽大的竹斗笠，在一处遮阴的奇石旁，歇船候客。但见那奇石，拔水而起，黝黑而状如折桂。见有人朝溪畔兴冲冲过来，艄公便在船上高声招呼："客官慢步，待我靠岸喔！"

稍后，艄公逐个扶持着伯温与奎上人，上了撑有竹篾篷的乌篷小木船。

这乌篷船船身虽狭小，但掉头灵活，行船自如。伯温挨着上人，在铺有草席的船上，席地并肩坐稳后，一转头，这才发现，沙水下还有一伏兽状的苔石，连着那折桂似的奇石，整个像极一惟妙惟肖的钓台。钓台罅隙间，还长着几株高高低低的树。两人不约而同，拍手称奇。

"走哉！"艄公一声吆喝，伸出一支扁扁的木船桨，往苔石上一撑，小船便颤悠悠地遡溪而行了。

乌篷下的伯温回望溪畔，见天空云已尽散，烈日高悬下的两岸稻田，处处黄灿灿，一片丰收景象。

一阵捎带着稻花香的凉风，从河面拂过。两人用汗巾擦拭着脸上的汗珠，不禁相视而笑。低头瞧那溪水，碧玉似的，泛着润润的绿波。伯温不禁笑着说："怪不得浮休公别号若耶溪，确实名配其地啊！"奎上人点头称是。

说话间，船已进入若耶溪深处，但见有三座山，形似三只狮子，鼎足而立。错落在三山之间的，是九个像球似的土墩子。深居精舍就在其间。

浮休公在深居门口已迎候有时，见到伯温俩，甚为欢喜。他让随身小和尚摆好茶具，然后端出上半年自制的珠茶，亲自为客人泡茶。

伯温饶有兴致地看浮休公熟练地烫杯，注水，投茶，再注水，不禁赞叹其精湛的茶艺。

茶过半盏，浮休公讲起了制茶的过程。采茶的时节非常重要，要赶在清明前采集沾有晨露的嫩芽，再经过杀青、揉捻、干燥等步骤，干燥中的三度炒制尤为关键。茶香氤氲中，一旁少言寡语的奎上人也不禁叹了起来："泡茶、制茶，莫不是一种近乎于道的上乘境界呀！"

伯温提及来深居路上，云聚而行、云消而歇之事，老禅师听了抚桌大笑："顺势而为也！"

是夜，伯温与奎上人留宿在深居，蝉鸣、泉流、松涛声伴枕入梦，恍如世外。

次日清晨，一夜安睡的伯温披衣起床，推门朝外观看，却见奎上人跟着浮休公，在松下石上闭目打坐。伯温不忍打扰，便也在附近，面溪盘腿而坐，默诵起《道德经》："道可道，非常道；名可名，非常名。无名，天地之始；有名，万物之母……"不觉间，一个时辰悄然而过。

三人简单用过早膳，奎上人相告，近日寺里有佛事要准备，得先行回去打理。浮休公便让小和尚去溪畔唤来船家，待上人上了渡船，伯温拱手相礼："有劳上人连日引路相伴，多谢多谢！"

上人忙合掌还礼："哪里哪里，贫僧相陪不周，还请伯温见谅！"

送走了奎上人，回到深居前，老禅师问伯温："观今日天阴积云，恐午后晚间有山雨，不妨趁天色尚早，你去附近山里转转可好？"

此言正中伯温下怀。他向老禅师道过谢后，带上干粮，便随小和尚前往深居后背的"狮山"。

他们一路攀爬，大概午后时分，登上了柯公山。山上郁郁葱葱，竹翠林茂。虽说大中午，但绿荫翳日，暑热顿消。绕过山崖，只见有一绿潭静卧于石壁前。

潭前歇息时，小和尚告诉伯温，传说古时候这深潭里曾有白龟和神龙。老百姓若遇到大旱之年，必会来此祈雨，十有八九应验。

小和尚言语间，眼里充满了敬畏感。伯温摇着纸扇，哈哈笑道："此乃心诚则灵也！"

站在山巅，伯温眺望着不远处的另两座"狮山"，诗情澎拜，感慨万千：

> 东海鲸鲵白昼游，南溟风浪涌吞舟。
> 三山亦在沧波里，自是神仙未解愁。
> ……

之后数日，伯温跟着浮休公在深居谈古论今、清谈玄学，听老禅师禅释《法华》、注析《三昧》。闲时又由小和尚领路，上了深居左右两旁的"狮山"，一座叫木禾山，另一座相传是葛洪成仙、木几羽化为鹿的化山。

伯温在若耶溪源头的山水间，在老禅师的禅修氛围中，深切体味着深居精舍的出尘之妙处。

"蝉燥林愈静，鸟鸣山更幽。"好风水，好风水也！赞许声中，伯温吟诵着王籍的千古名句，终返。

白乳泉之缘

南朝宋年间，一直向往会稽灵异山水的何胤，辞官来到会稽。

时值酷暑盛夏，天气特别的热。何胤在城里住了一晚后，第二天一早，便慕名兴冲冲前往云门山游览。

不曾想几天游览下来，云门诸山的奇峰怪石，依岩跨壑，峡谷并溪，松风鸣泉，禅寺佛殿，楼塔桥亭，把何胤深深吸引住了。重嶂叠翠之下，山风一吹，暑热去半，意犹未尽的何胤，便在云门寺住下来了。

白天，或在迷宫似的山里转悠，或在寺院里听老禅师讲法开示；夜晚，或在居室挑灯读书，或在山门纳凉观星。对于何胤来说，这样的日子他已期盼已久。

山里一连下了好几日阵雨，空气中的清新感倍增，峡谷里溪流潺潺，水汽弥漫，云蒸雾霭，恍若仙境。

这一日午后，山雨刚停，何胤见天色放晴，便在寺里一位僧人的陪同下，出了云门寺山门，沿着溪流，一直往山里走啊走。

何胤见僧人手里提着一个水桶，便不解地问："小师父这是要去山里提水吗？"

"正是、正是！"僧人笑着回道。

两人不知走了多远，忽然，何胤眼前一亮。抬头望去，只见一片翠绿的竹林背后，一道白色的石冈静卧着。石冈上面，一挂彩虹高悬在湛蓝的天空。一刹那，何胤以为是自己眼花了。揉揉眼睛，他再次望去，白石冈依然，彩虹犹在，活脱脱画儿一般。待他走近，细细端详，那石色宛如白玉，雨后，更显得莹莹夺目。

僧人告诉何胤，附近的山民传说，这白石冈是很久以前，羽人飞仙们住过的地方。

"难怪难怪，确实神仙一般的所在！"何胤听了，喃喃自语道。

两人往前刚走了一段路，何胤忽听到潺潺的水声。顺着声音过去，何胤发现白石冈脚下，有一不大的石坑里正汩汩地冒着泉水。满溢的泉水又源源不断地流向前面的竹林里。让何胤惊奇的是，这汩汩流动的泉水，竟然是乳白色的。

一旁的僧人从水桶里拿出一只木碗，蹲下身子，小心翼翼地把石坑里的泉水，一碗一碗地勺到桶里。

僧人说，这泉水平时是清澈透明的，只有在连续的大雨天后，有时才会冒白乳泉。

"即使是雨天后，也得碰运气。"说话间，僧人已把水桶灌满了。此时的他，一脸的满足感。他接着说，寺里的师父们，最喜欢用这甘冽的白乳泉煮茶喝了。

"醇香可口，可好喝呢，呵呵！"何胤看到，提及白乳泉的年轻僧人，一脸的满足感，眼睛也在发光，似乎，他说的乃是神水。

何胤弯下腰，用双手掬了一捧水，凑近嘴边，喝了两大口。他顿感，一股清凉和着甘甜的泉水直入肺腑。

"好水，好水也！哈哈……"朗声大笑间，何胤阔步朝前走去。

当晚，何胤相携云门寺的老禅师，坐在山门后的天井里，喝着用白乳泉煮的茶水，在茶香氤氲中，听老禅师讲述有关云门的故事。

原来，这白乳泉在云门自古有之。老禅师娓娓而道来，相传东晋年间，这白石冈附近有一寺庙，一位法号鸿明的禅师在此讲经布道。当时兼任会稽郡的何充将军，不仅文武双全，善写文章，而且好佛。每每来到会稽，必定会翻山过岭，停留数日，来听老禅师讲经。闲时，将军和老禅师便在白石冈的竹林边，垒石作炉，用白乳泉煮茶品茗、谈古论今、释禅悟道，成就一段忘年交佳话。

何胤隐居在云门寺期间，一些朝官或他的文友来看他时，他往往会兴致勃勃地带着他们，前去白石冈游玩一番，当然也免不了给他们介绍一下白乳泉。然后，不管乳色或透明，他都会捎带一些泉水回寺，煮茶以招待。

深冬来临的时候，山里落了第一场雪。何胤带着两个学生，在山坡无人涉足的雪地里，装了一瓦罐初雪回来。当寺门外再度飘起雪花时，屋里的人，烤着火盆，用积攒的白乳泉，边烹雪煮茶，边吟诵诗文，转碗摇香间，风雅至极。

冬去春来。转眼，山里已然冰雪消融，迎春花爬满了山坡。跟随何胤的学生越来越多，云门寺剩余的几间厢房已不够何胤用了。

于是，何胤便四处留意。他发现，白石冈过去的秦望山上，有飞泉、荫木、崖壁，可筑庐建舍，而且山脚不远处就是"白乳泉"。此处最合适不过了。

　　在一个春意盎然的日子里，何胤带着他的一众学生，迁到了秦望山上。

　　新学舍以崖壁为墙一字排开建造，外围以茂密的山林为遮掩。何胤自己，则住在一个外人一概勿入的小阁室里，进出门户自己开关。学舍周围还开垦了菜园。读书之余，师生们结伴在山上游览。每隔一段日子，何胤忘不了与学生们一起，下山去白石冈转转，喝口白乳泉，在竹林里溜达一番。

　　这期间，朝中屡次诏令何胤出山为官，但都被他一一推辞不就。他跟学生说，我只想待在这山里，读书与煮茶。

　　就这样，何胤在秦望山一直住到年逾古稀。七十二岁那年，他准备迁移至吴地去。白乳泉旁，他跟前来送行的云门寺师父说："世上终究没有不散的宴席啊！"乃作别。遂离。

赤堇山还魂草

出会稽城往东南三十里处，有一山，名赤堇。

此山没有伟岸的山体，唯石壁陡峭，山路崎岖。山腰处，各具形态的乱石丛生，而且，树不成林。山顶更是不毛之地，皆为光秃秃的岩石。当地人都说，这是因为从前有个欧冶子在此地铸剑，"石破而出锡"后，地气被神剑吸走的缘故。

虽是戏言，但平时除了附近村里的毛孩儿，有时来爬乱石堆玩耍，山民很少来此山放牛散羊、斫柴伐薪。

话说东晋年间，赤堇山附近的赵村，有个陈姓后生，早几年从外地投奔亲戚来此迁住。陈后生虽年纪轻轻，却略通医术，还能辨别许多草药。平时村民们若有个头痛身热、中暑乏力之类的不适，都会去找他诊一诊，给下两服草药，通常过两天后便慢慢恢复元气了。所以大家都尊称他为陈郎中。

天气好的时候，陈郎中常常会背个竹篓，上周边的山里去挖草药。

刚过了立春，冬的寒意还未尽消。陈郎中听村里人讲，从云门寺那边，下来了个会炼丹的道士，还是个颇懂医术的高人，据说，最近就住在人迹稀少的赤堇山脚附近。他很想去见见这位高人，更想拜他为师，学点医术。

早晨。飘了点小雨，但随后乌云散开，太阳微微露了脸。起床后的陈郎中见天色转晴，便又背上竹篓，带上小铲刀，用布腰带扎紧棉褛，出门了。一则他准备去赤堇山脚寻访那位高人，二则顺便去附近山里再采点草药。

心头搁着期望，脚头越发勤快。走急了，后背发热，陈郎中把腰带都松开了。没多久，他便望见了远处孤峰兀立的赤堇山。此刻，薄阳下，几缕云烟还未散尽，轻盈飘渺在怪石嶙峋的山腰，使得赤堇山平添几分神秘感。

山脚附近，有一处浅浅的溪滩。溪水很清，缓缓流过溪底下的沙石。一只正在滩边觅食的水鸟，听到脚步声，剑一般地淌过溪水，扑闪到对面的岩石背后去。

陈郎中刚把视线从逃逸的水鸟那挪开，就见不远处，有一头戴黑巾、身穿青袍、道长模样的人，正面朝溪滩，向着初阳，盘腿打坐着。

看这光景，此人十有八九就是那位高人！陈郎中内心一阵狂喜。他把布腰带重新扎紧，整整棉褛后，三步并做两步，径直朝那道长奔去。

快到跟前时，陈郎中看到道长还在专心地闭目打坐，便在附近的一块滩石上坐下来静候着。

不料过了大概半个多时辰，那道长还是坐在原地纹丝不动，连眼也未曾睁开一下。

陈郎中抬眼看看已经升高的日头，心想，若冒昧上去打扰诸多失礼，但这样等下去也不是个办法呀，这道长在此做上一天半日功课，也是说不定的。

正当陈郎中左右为难之时，只见那道长已缓缓起身，用手掸掸袍子，准备离开了。

陈郎中赶紧过去，躬身施礼："烦请道长留步，小生这厢有礼了！"

不等道长回话，陈郎中继续躬着身，把自己是附近村里人，爱好医术，冒昧想跟道长学点本事的请求，一口气都说了。

陈郎中等了半响未见应答，抬头一看，那道长早已飘然远去。只剩下若有所失的陈郎中，尴尬地站在溪滩边。

"你啊你，也太自不量力了呀，还是挖你的草药去吧！"陈郎中摇摇头，边安慰自己，边上了赤堇山。他想起书里提到过，有一种清凉解毒、能治百病的救命草，长在悬崖峭壁、岩石罅隙间。

塞翁失马，安知非福也，刚才在道长那儿碰了钉子，说不定此番上山有好运气，能找到那救命草呢！沐浴着春阳的陈郎中，浑身暖暖地攀着岩石，心情也跟着好转起来。

快到山腰时，刚转过一个背风的山口，陈郎中顾着抬眼扫视前方的乱石堆，一个不留神，脚下一滑，陈郎中一个踉跄，连人带背篓滚下山坡时，头撞在一块突出的岩石上，顿时晕了过去。

等陈郎中醒来时，发现自己躺在一间挂满了竹篮的小木屋里，眼前有个背对自己的人，正埋头在一堆葫芦罐里捣鼓着。听到动静，那人起身转过头来："醒了啊？你可是足足睡了两个时辰哦！"

陈郎中一看，这不就是早上溪滩边拂袖而去的道长吗？他刚想用力撑起身子，脑门上一阵疼痛袭来。他用手一摸，头上有布缠着呢。

"先躺着别动！你被岩石撞破了脑门，我已替你止了血，在我这儿养几日就会没事的。"道长边说边端过来一碗汤药，"趁热把药喝了，伤口愈合快一些。"

"你这后生可真沉，把你背回来差点累垮老道我哦，哈哈！"道长笑吟吟地接着说。

陈郎中接过药碗，眼眶里一下子起了雾水："多谢道长救命之恩！小生没齿难忘！"

陈郎中在赤堇山下的小木屋里静养了三日。其间，他把自己平时采些草药，替村里村外山民看病下药，以及那日上山找救命草之事，零零碎碎说与道长知晓。道长听了默然点头。

三日后，已无大碍的陈郎中拜别道长，准备回家去。道长从一只悬挂的竹篮子，取出数株枯黄而卷缩的干草，递到陈郎中手上，一字一句地说："小伙子，这就是你要找的救命草！它名叫'还魂草'，遇水便会成活，可治百病，你的伤口就是靠它止血的。"道长接着说，"你把它们种到赤堇山的岩石缝里，等它们活了，再分株栽种。"

陈郎中惊喜交加中接过还魂草，跪拜在道长跟前："多谢道长！多谢道长！"

道长挽扶起陈郎中，把他送到木屋门外，抬头望向远处的群山，继续说道："我也要走啰！这回要去很远的地方，也许再不回来了哦！"

就这样，陈郎中一步一回头，恋恋不舍地拜别了这位与他萍水相逢，却恩重于山的道长。

数日后，陈郎中把已经焕发生气的还魂草，种到赤堇山上后，再推开小木屋的门时，却已是人走屋空。在一只空竹篮里，他看到了道长留下的一页信纸，上面的墨迹还依稀未干："我命在我不在天，还丹成金亿万年。"

来年又春。赤堇山上，郁郁葱葱的还魂草在峭壁岩石间，满山摇曳。

盘古社树

明嘉靖年间，四处飘着桂香的云门山，秋高气爽。

清晨，当明晃晃的朝阳，从东边的群山背后一跃而上时，四溢的霞光，与缓缓升腾的晨霭交融，在峡谷间变幻着美丽的光环。

晨鼓声声中，山麓处的云门寺，已是香烟缭绕，梵音不绝。寺院内，一棵参天古柏郁郁葱葱，颇有高耸入云之势。秋阳透过茂密的枝叶，在长长的青石小径上，投射下斑驳的树影。

寺院西侧，二楼厢房的一扇雕花木格窗后，站着一位肤色白皙，脸庞清秀，身形修伟的书生，正浸染在阳光里，眺望窗外的远山近水。

此人，便是刚参加完当地乡试前的科考，时年二十二岁的山阴才子徐渭。

自从他前年考中秀才后，接踵而至的媒婆，差点踏破徐家门槛。父亲早亡，以长兄为父的徐渭，便由大哥做主，于去年入赘山阴富户潘家。之后，他便跟随在阳江任典史的岳父，协助理事。

去年冬天，徐渭暂别新婚燕尔的爱妻，为二哥奔丧而回家乡。

接着开年后，为了参加三年一考的乡试，整个春夏，他都留在山阴，发奋读书备考。

胸有成竹、踌躇满志的徐渭，完成科考后，静候佳音中，准备接着乡试的他，便跟着表外甥萧勉，以及刚结识的沈炼、陈鹤等几个山阴文士，一起上了云门寺。

几只飞雀的欢叫声，将驻窗而立的徐渭把目光从群山秀水处，转移到窗前那颗高大的古木上。昨日，他听寺中老禅师所言，这颗古柏，比云门寺的历史还久。传说，早在云门拯迷寺僧人重曜，初设云门寺旧址净名庵时，此木已然在峡谷石壁前，遗世独立，风雨千年。故当地人一直敬它为神树，把它称为"盘古社树"。汉朝年间，有人还在树前垒起祭台供奉。

此刻，暖暖的秋阳铺撒在古柏上，染上了一层淡淡的金黄色，望去，在肃穆而庄严的寺院衬托下，更添了三分古老而神秘的色彩。

"我的阿似最喜欢坐在树下，看我为她在花绷上，画她中意的绣品图样呢。"看得出神的徐渭，自言自语地说着。

恍惚间，徐渭好像回到了阳江娇妻的身边……

"郎君，你教我的《卫风·木瓜》，我已诵熟于心了。"裹一袭盘着黄金小纽的茜衫，年方十六的阿似，手托茶盘，笑靥如花地走近她崇拜至极的夫君身边。

"阿似好乖，来来来，为夫替你打一幅新的绣品图。"徐渭开心地搂过爱妻。这个从小在忧郁孤愤中长大的男人，只要见到与他情投意合的潘似，便满心充满阳光。

投我以木瓜，报之以琼琚。匪报也，永以为好也……随着娇妻细声软语的诗诵声，徐渭的画笔舞动着。少顷，一株虬枝峥嵘、苍翠挺拔的古柏，栩栩如生地浮现在花绷上。

永以为好也，永以为好也！哈哈！男人发自肺腑的欢笑声，震荡着他身边小鸟依人般女人的心肺……

"表舅！该下来了！"一声呼喊从窗下传来。徐渭一下从幻觉中回过神来。他定睛朝楼下望去，表外甥萧勉等几个，早已等候在院内的小径上。

早两日，徐渭在萧勉家，初次相识这几个志趣而投，性格皆为耿直的文友，便大有一见如故之感。几番咏画唱和、言志抒怀下来，几个素来恃才傲物的才子们，对徐生更有相见恨晚之意。

这会儿，一干人在寺院的大雄宝殿内拜过诸神后，随着做完早功课的云门寺老禅师，围坐在古柏下，让小和尚沏了一壶珠茶，而后沐浴着暖意盎然的秋阳，边喝茶，边谈古论今起来。

聊到兴头上，徐渭把话题转到了身旁的"盘古社树"上："于昆仑山开天辟地的盘古传说，最早出现在三国文人徐整的《三五历记》里。故事说，盘古是从龙蛋中出生；到了南朝，梁人任昉在他的《述异记》里，讲述天地万物乃盘古身体所化传说，或出于古说，产生于秦汉，而盛行于吴越大地；而盘古神像最早出现在汉末年间的砖石上。"

开启话匣子的徐渭，端起茶盅，一饮而尽后，指着古柏，一脸兴奋地继续说道："在当地人眼里，它便是天地所化，能佑一方安宁的神树，妙哉，神哉也！"

在场众人听罢，纷纷击掌而鼓。随后，在老禅师授意之下，这群性情中的文士们皆一一起身，在古柏前的祭台上，燃上香烛，以示敬意。

意犹未尽的徐渭，灵机一动，对一干文友说："我有一个建议，我等志同道合，何不趁着这天赐良时，结成文社可好？"

沈炼首先表示赞同，接着众文友纷纷附和。激动之余，徐渭以《盘古社树》为题，当场赋诗一首助兴：

      大枝入汉拔龙蛇，
      小叶凉人雨雪遮。
      三代以来无此物，
      欲从青帝问年华。

次年，在老禅师主持下，十个意气风发、满腹经纶的山阴才子，在"盘古社树"前，正式结盟为"越中十子"社。他们是：徐渭、沈炼、萧勉、陈鹤、杨珂、朱公节、钱楩、柳文、诸大绶、吕光升。

此后，"越中十子"声名远播。而徐渭来往与浙粤间，与"越中十子"聚集山阴城内，吟游唱和的那几年，也成了徐渭一生中最幸福的时光。

越州相会

唐长庆年间，这几日，杭州刺史白居易眉喜上眉梢，心情舒畅。

喜事一。自从白居易到任杭州后，见到这一带的农田经常饱受旱灾之苦，于是，他排除重重阻碍和非议，发动农户们加高河堤，修筑堤坝水闸，增加河湖容量，终于解决了钱塘、盐官之间数十万亩农田的灌溉问题。为一方百姓排忧解难的父母官，自然得到百姓的赞颂。短短一年多的时间，白居易的声誉在当地是有口皆碑。

喜事二。白居易的好友元稹被任命为浙东观察使兼越州刺史，近日已在任上。两人相约，过些时日，相会越州，到若耶溪、云门寺秋游一番。

当下，白居易碾磨挥豪，抑制不住的欣喜流淌在笔端：

稽山镜水欢游地，犀带金章荣贵身。
官职比君虽校小，封疆与我且为邻。

郡楼对玩千峰月，江界平分两岸春。

杭越风光诗酒主，相看更合与何人。

　　白居易与元稹这一对知己间的感情，是众所周知的。当年，
这两个年少有为的才子，一同进士及第，又一同在朝为官。两
人志趣相投，正直相期，道义相勉，数十年间，除了书信往来，
还常常作诗应和唱酬。即使分处两地，也不忘鸿雁传书，或隔
空作诗相赠，其深情厚谊，为众人所羡慕与称道。数年前，两
人同时被贬，一个在通州，一个在江州，一南一北，唯有在梦
里相见，诗中唱和：

晨起临风一惆怅，通川溢水断相闻。

不知忆我因何事，昨夜三更梦见君。

山水万重书断绝，念君闻我梦相闻。

我今因病梦颠倒，唯梦闲人不梦君。

　　有一次，心念老友的元稹收到白居易的诗笺，当场感动得清
泪两行，吓得家中妻女以为发生了何事。元稹便把这段趣事记在
了诗里：

远信入门先有泪，妻惊女哭问何如。

寻常不省曾如此，应是江州司马书。

今日，夫人杨氏见白居易进进出出乐呵呵的，特地开了一坛从长安带回的自酿陈酒，让夫君尽兴畅饮。这夫妻俩有一手酿酒的好功夫，而且乐此不疲。每当新酒酿成，除了招呼友人分享，白府还常常派仆人把新酿的酒送左邻右舍品尝。白居易曾为自家的酒赋诗道：

> 开坛泻尊中，玉液黄金脂；
> 持玩已可悦，欢尝有余滋；
> 一酌发好容，再酌开愁眉；
> 连延四五酌，酣畅入四肢。

此时，三杯白酒下肚，白居易看到身旁软言细语、殷勤伺候的杨氏，那个沉在心底的人影又浮了上来。他不由自主地重重叹了口气。

"夫君为何而叹？"杨氏问。

"夫人哪，这十数年来，你随我东奔西走，不离左右，却从无半句怨言，为夫这杯酒敬你了！"说完，白居易端起酒杯，连同那丝愧疚之感一饮而尽。他知道，那个他守了三十五年的符离桥下的姑娘，只能永远在他昨日的诗行里微笑了。而身边这位贤惠的妻，却守着一个无心之人。造化弄人，天意啊天意！

"在家从父，出嫁从夫，这是妾身的本分，夫君多礼了！"颔首柔声的杨氏，拿起酒壶又替夫君斟满了酒。

这一晚，温柔乡的烛光终究夺不走窗外的清澈月色。

白居易与元稹在越州相聚的秋夜，这一对难兄难弟，一见面一个打趣对方"许是桃花浸染，越发丰容俊美"，一个调侃对方"相思何煎，怎一个稀发染霜，形销骨立"。喝着乐天兄带来的自酿酒，佐着说不完的知心话，两人吟诗作赋，不醉不休。

"遥泉滴滴度更迟，秋夜霜天入竹扉。明月自随山影去，清风长送白云归。"吟诵声在不眠的子夜回荡。

隔日，天高气爽，风轻云淡。暖阳中的稽山镜水，秋意阑珊。白居易、元稹偕同诗友、文吏等一行人，兴致盎然地来到了云门寺。

云门寺山门前有一片枫林。此时，红彤彤的秋扇层层叠叠，衬着高大的山寺，在阳光下散发着温暖而治愈的气息。心性相通的白居易和元稹，几乎同时把视线从枫树前收回，转头相视，会心而笑。

众人游历过主寺后，又在附近的一处山亭逗留。

据陪同的僧人介绍，王勃曾在此效仿王羲之，主持过类似兰亭雅集的修禊活动。山亭旁还有个笔仓及洗砚池，传说当年是王子敬存放毛笔，以及智永禅师洗笔之处。说是"仓"，其实是口浅浅的枯井。小小的洗砚池里，几片睡莲的青叶静卧着，白居易笑指它们也在修禅，元稹听了点头称是。

游至看经院，大家聊起曾在云门寺撰写《律宗引源》诸卷的灵澈禅师，对诗僧颇为推崇的的白居易已在一旁摇头晃耳起来："天台众山外，华顶当寒空。有时来不见，崔嵬在山中。"不甘居后的元稹紧接着吟诵："山边水边待月明，皆向人间借路行。如今还向山路去，只有湖水无行路。"这两首诗皆为禅师佳作，众人听罢莫不为两大才子击掌喝彩，真乃"腹有诗书气自华"。

午后，大家看天色阴沉下来，便在寺院内的两株桂花树下喝茶休息。白居易与元稹都是嗜茶的主，前者更甚，不仅自己种过茶树，而且对各地名茶包括越茶颇有研究。此刻，喝着平水珠茶，白居易缓缓地给大家奉上一首他曾寄友人的谢赠茶诗："红纸一封书后心，绿芽十片火前春。汤添勺水煎鱼眼，未下刀圭搅曲尘，不寄他人先寄我，应缘我是别茶人。"短短几行诗，却包含了煮茶要诀与过程。深谙茶道的白居易早已禅悟，茶如人生，苦中有甘，无论顺逆，静心以待。

　　这晚，山雨磅礴。白居易与元稹留宿在云门寺岩东院，听着风声雨声，笑谈当年萧翼智赚《兰亭序》，唏嘘辩才大意失荆州。侃侃而谈间，一对知己，尽抒离别重逢之情，恍如昨日，又似经年。

王子猷居山阴

东晋年间，辞去黄门侍郎之职的王子猷，弃官东归，带着一干家眷，从建康回到其出生地会稽山阴县。此时，已过不惑之年的王子猷重回故地，犹如山雀隐林，落叶归根。平日里，他不束发冠、着家居服出入乃是常事，家人、朋友早已司空见惯，习以为常。其潇洒不羁、率性而为的行事作风，在山阴大有登峰造极之势。

某日，见天气晴好，王子猷便兴致勃勃地约了几位幼时好友出游。他们雇了船只，沿着若耶溪顺流而下，去城东南外数十里的化山游玩。

时值深秋。火样的红枫、金黄的银杏、翠绿的竹林，若耶溪两岸群山层林尽染。河畔，金灿灿的稻田已待丰收。水面清澈如镜，泛着绿光。小船行驶其间，不时惊飞起几只觅食的水鸟。

坐在船头的王子猷，看着四周田野风光，禁不住心旷神怡，他将挦随风飘舞的发须，口哨长啸。

这位心里住着个少年的王子猷有一癖好，但凡心怀一开，便会不管三七二十一，吹起长哨，以示痛快。此时，口哨声引得周边的鸟们，此起彼伏地加入唱和队伍，乐得船上一干好友击掌称好。

待到了化山，王子猷与好友们赏红枫、吟松泉、游山寺、尝野粟，玩得不亦乐乎。几人经过一处幽静的竹林时，但闻风吹竹叶，发出阵阵鸣响，宛如深沉而有节奏的群笛声。王子猷停下脚步，听得如痴如醉。

随行的好友都知晓王子猷是个"竹痴"。曾经，王子猷借住在朋友的一间空宅内，他见其门前小院有空地，当即叫人来栽种了竹子。家人不解，问："又不是长住之舍，为何这般大动干戈，费此手脚？"子猷听罢哈哈大笑，他指着眼前刚落成的小竹园，满心欢喜地回答说："何可一日无此君！"闻听此言，家人们啼笑皆非。

再说此刻，王子猷心动之下，掏出银两，立即让带路的山民回村叫来了几个壮汉，挖了十数株修直挺拔的竹子，又雇了两只运柴的大船。掌灯时分，这些山竹已搬进了王子猷家的后院。吃过晚饭后，在王子猷的指挥下，山民们又连夜把这些竹子，在院子里移栽完毕。子夜，清冽的月光下，王家院子里又响起一阵口哨的长啸声。

或作诗习字，或寻古访友，或品茗抚琴，王子猷在弃官场、隐山阴的日子里，远离尘世的喧嚣，倒也过得轻松自在。唯有在夜深人静、月下独酌之时，那些沉寂在内心深处的惆怅，才会跳将出来，在瑟瑟的夜风中冷眼与他对视。

转眼到了冬季。江南的寒冬整日西北风呼呼，家家户户屋檐下冰凌垂挂，房梁处的燕窝也成了空巢，燕儿们早就飞去温暖的南方过冬了。临近年底，一连数天，早晨都是大雾弥漫，天也整日阴沉着脸。窝在家里烤火的王子猷喜滋滋地对家人说："俗话说得好——春雾百花冬雾雪，看来，快下雪了。"

江南一向少雪，下雪自然稀罕。听王子猷这么一说，王家宅院的老少们，便多了一桩年底的期盼。

这天下午，阴沉的天忽然亮堂起来，云层里隐隐约约藏着阳光似的。在火盆旁写了半日字的王子猷，搁下毛笔，离开书桌，搓着冻僵的双手，踱到堂屋门口。他抬头看看天色，扭头对一旁的老家仆说："这天像是开雪眼了。"

说曹操曹操就到。黄昏时分，饮了两盅热烫黄酒的王子猷，早早上床安歇了。许是酒的后劲在体内蒸腾，子猷辗转反复，一时难以入眠。恍惚间，听得有人在门厅欢呼，下雪啦！王子猷一个激灵睁开眼，起身穿衣下床。仆人听得屋内动静，赶紧提灯进来报告："老爷，外面果真下雪了！"

"哈哈，好好好，瑞雪兆丰年啊！"睡意全无的王子猷破天荒穿戴齐整，跨出门厅。但见，纷纷扬扬的雪花正从空中飘降下来。少顷，凛冽的寒风中，洁白如玉的素蝶满天飞舞盘旋，宛如来自天国的小精灵降落在人世间。

雪越下越大，越积越厚。才一袋烟的工夫，整个院落已银装素裹。子猷站在台阶上眺望远处，四周原本黑压压的田野与群山，也湮没在一片洁白的世界里。

如此雪景良辰，岂可辜负？兴缓筌漓的王子猷，索性让家仆把桌椅搬在廊檐下，又吩咐再烫壶热酒来，里面煮点姜末进去。

三杯热辣辣的黄酒入肚，裹着宽袖棉袍的子猷寒意顿消，思绪也随着雪花翻飞，莫名的惆怅又涌上心头。他想起了左思的《招隐》诗。当下，唯有此诗才能寄其心志，抒其胸怀——

> 杖策招隐士，荒途横古今。
> 岩穴无结构，丘中有鸣琴。
> 白云停阴冈，丹葩曜阳林。
> 石泉漱琼瑶，纤鳞或浮沉。
> 非必丝与竹，山水有清音。
> 何情待啸歌？灌木自悲吟。
> 秋菊兼糇粮，幽兰间重襟。
> 踌躇足力烦，聊欲投吾簪。

一气吟诵至末句，握着酒杯的王子猷起身，朝着沉沉夜色中透着银光的雪景，长长舒了口气。忧思之下，他忽地想到好友戴安道。这会儿，安道兄是否也在夜赏剡溪雪景？

话说那善于鼓琴、工于绘画的大才子戴安道，也是一个性情中人，且秉性高洁。他平素淡泊名利、不喜入仕，整日沉浸在自己的艺术创作中。自从在建康坚拒武陵王司马晞的召演，当着使者面砸琴之后，他决定终身不入官场，而后举家来到心仪已久的剡县，隐居下来。

虽说剡县与山阴相距七八十里，但戴安道与王子猷，一个佩服其德操技艺，一个欣赏其洒脱不羁，一来二往，两人即成为心性相投的莫逆之交。

这会儿，按捺不住思念，王子猷立马回屋套上木屐、披上蓑衣，唤来仆人提上灯，冒着飞雪上了船，催促着船老大，经平水，过樵风泾，向着剡溪方向行驶。

除了船头一盏马灯微弱的光亮，黑漆漆的水面上凝结着冬夜的酷寒。鱼虾们藏在水底躲避寒流，刺骨的风卷着雪花打在脸上，冰冷生痛。而雪，则无声入水，不起丝毫波澜。只有咿呀的船桨声，急促而有节奏地拍打着溪水，在沉睡的夜里回响。四周，天地连接成白茫茫的一片。此刻，尘世所有的污垢都被埋在了积雪之下。穿着蓑衣、立在船头的王子猷，许久沉默在这雪与夜交织的虚空里。

船驶入剡溪时，雪停了。东方泛起浅浅的鱼肚白。天幕下，两岸的群山与峡谷披挂着银装，犹如一幅幅巨大的黑白水墨画，呈现在王子猷的眼前。他略显疲惫的脸上，一朵释然的笑容绽放开来。

待王子猷轻呼一声："到了。"船行至岸边，天已大亮。白皑皑的村落里，响起了此起彼落的鸡鸣声。没等小船停稳，王子猷已随手抱了船上的一只瓦罐跳上岸，然后蹲下身，在河畔装了满满一罐积雪，又折回到船上。疑惑中的仆人刚要发问，只听他的主人朗声笑着说："兴尽，返! 煮雪煎茶去，哈哈……"

姚合收徒

钱塘太守姚合，带着一位名叫方干的徒弟和一名随从，轻装上路，行进在前往越州的路上。除了处理公务，他还有一个目的，就是要带着方干前往会稽云门寺。

姚合轻易不收徒，如何会接纳这个书生？此人又是如何进入姚合的视野呢？

话说那天，姚合在府衙内批阅完公文，刚回到后衙稍事休息，门人来通报，说有一位自称是徐凝学生的书生，特来拜谒。

徐凝是姚合的同乡，而且早在元和年间就诗名在外。他的诗作朴实无华，但意境高远，笔墨流畅，尤以七绝为佳。所以尽管姚合诗才八斗，但对这个比自己小十多岁的徐凝，却颇为欣赏。"千古长如白练飞，一条界破青山色。"提起徐凝，姚合跟李白斗诗的《庐山瀑布》中的佳句，就从嘴缝里漏了出来。这会儿听说徐凝的门生候在府衙寅宾馆内，姚合便告知门人，带书生来前厅。

刚落座，姚合就见门人带了一位个子不高、身形清瘦的年轻人进来了。年轻人见到姚合，俯首拱手三拜，道："久仰老师大名，学生方干这厢有礼了!"话音刚落,便把装有诗作的信笺,毕恭毕敬地双手递上。姚合颔首接过,一下看到方干抬起的脸,吓得差点掉落手中的信笺。只见一张黝黑而干瘦的脸上,两颗白森森的大白牙,突兀在兔唇的缺口处。姚合打从娘胎里出来,还真没见过如此丑陋长相之人。他心里不免嘀咕起来,徐凝怎会有这般相貌的门生,不会是来招摇撞骗的吧?

姚合看时辰已至午时,想着,怎么的也要让人家先吃饱肚子再打发走人吧,于是他吩咐下人先带方干去伙房吃饭。

方干一走,姚合想,是真是假我且看过诗作再下定论。于是,他打开未封口的信笺,里面有厚厚一叠诗作,便抽了出来。展开后,他随手拿起一张,走到窗户敞亮处读了起来:"摇曳惹风吹,临堤软胜丝。态浓谁为识,力弱自难持。学舞枝翻袖,呈妆叶展眉。如何一攀折,怀友又题诗。"

这一读竟让姚合眼前一亮。他急急返身,三步并作两步走到桌前,拿起这叠厚厚的诗稿,坐下来细细读了起来:"儿童戏穿凿,咫尺见津涯。薜岸和纤草,松泉溅浅沙。光含半床月,影入一枝花。到此无醒日,当时有习家。""入夜天西见,峨眉冷素光。潭鱼惊钓落,云雁怯弓张。隐隐临珠箔,微微上粉墙。可怜三五夕,仙桂满轮芳。"

"好!"读到精彩处,姚合禁不住拍案叫绝。他读得入迷,竟忘了时间,直到下人来提醒老爷该吃饭了,姚合才觉得肚子早饿了。

午后,爱才心切的姚合再度唤来了方干。这次,姚合看到方干的脸,便也没感觉有多么不堪了。倒是方干施完礼,志忑不安地对姚合说道："小生这副尊容，刚才可有吓到老师？实在不好意思。"他告诉姚合，这源于有一次自己作诗时，忽来了灵感，觅得佳句，欢喜雀跃之下乐极生悲，跌破嘴唇，从此破了相，被左邻右舍戏称为"缺唇先生"。

"无妨无妨，长相其次，才华才是首要，我已读过你的诗，不愧是徐凝的学生。"姚合满脸带笑地注视着面前这个容颜受损的书生。他停顿了一下，接着说："既然来了，不妨在此府内小住几日，容我慢慢欣赏你的大作，闲来也可与你谈诗论道，不知你意下如何？"方干一听此言，忙伏地行磕大礼："承蒙老师抬爱，却之不恭，恭敬不如从命，学生谢过！""呵呵，方生请起！"姚合边说边搀扶起方干。

次日早晨，下了一会儿细雨。姚合去办公时，方干就在后衙书房看书写诗。书房外有一庭院，方干透过木格子花窗，可以看到院子里的两颗柳树，几株荆桃，还有一些花卉草木。早春三月，柳树已抽出新芽，被细雨湿润后，柳枝更显嫩绿，在乍暖还寒的风中轻轻摆动。紫色的牵牛花爬满了一溜篱笆。白色的荆桃花事正盛，如云似雪堆满了枝头。

"春去春来似有期，日高添睡是归时。虽将细雨催芦笋，却用东风染柳丝。重雾已应吞海色，轻霜犹自剑花枝。此时野客因花醉，醉卧花间应不知。"沉入诗情中兀自吟诵的方干，连姚合进屋的脚步声都没听见。"好诗，好诗也！"听到鼓掌声，方干才回过神来，忙拱手行礼。

"方生哪，我刚接到会稽云门寺主持的请柬，四月初四有盛大法会，我正好也有公务要去越州走一趟，事不宜迟，明日就出发，你随我同行吧！""多谢老师！多谢老师！"

闻听此言，方干开心得一张豁豁嘴更加合不拢了。他一直钟情会稽的灵山秀水，而对名扬四海的名刹云门寺更是神往已久。无奈之前他为赶考而勤于苦读，不敢多费时间出去游历。现在有这么好的机会随太守出游，方干哪能不喜出望外。餐时，姚合对这位中意的学生自是款待有加。

就这样，姚合带了方干和一名随从，三人日行夜宿，数日后来到了越州。处理完公务后，姚合带着方干沿会稽城外若耶溪水路，前往云门寺。

舟行溪上，碧水清流，幽林夹岸。溪畔灌木丛里，山雀在啼鸣。船头掠过一长尾翠鸟，飞往不远处的山那边去了。风过处，有野花的清香袭来。坐在船头的方干看得如痴如醉，不禁吟咏起崔颢的诗："轻舟去何疾，已到云林境。起坐鱼鸟间，动摇山水影。"船舱里的姚合则听得抚须而笑。

未等船靠岸，早有一众僧人在岸上迎候。

峡谷间的云门寺依山而建，三面群山叠嶂成屏，环抱着山寺楼阁，紫烟缭绕，恍若仙台。云门寺对于姚合来说，并不陌生。早在元和年间，他赴武功主薄之任前，就与几位同窗好友来过此地。今时故地重游，自是感叹良多。十多年过去了，山门外写有"云门古刹"的石牌坊依然旧模样，只是经风吹日晒，添了些年代的沧桑感。

随后的方干则异常兴奋，他终于在山道旁见到了心心念念的"辩才塔"和"丽句亭"。丽句亭内挂满了小木牌，上面书写着自晋朝以来，到此一游的诗人们，为云门寺所题写的佳作，它们在已有暖意的风里互相敲击，发出叮当的脆响。"辩才塔"静静地坐在几株桃花盛开的山崖前，泉水淙淙，似在述说久远的故事。这辩才与萧翼，"一盗"与"一失"之间的恩怨，岂是清风可以化解？驻足塔前，方干思绪翩跹。

在云门寺游历的数日里，方干跟着姚合参度法会、听高僧讲经、研文习诗的这段经历，特别是姚合达观平和的心境与向禅之心，对方干以后的人生都带来深刻的影响。

数十年后，方干更以一篇《哭姚监》的七言诗，寄托自己对老师的离逝之痛：

> 寒空此夜落文星，星落文留万古名。
> 入室几人成弟子，为儒是处哭先生。
> 家无谏草逢明代，国有遗篇续正声。
> 晓向平原陈葬礼，悲风吹雨湿铭旌。

第三辑

范蠡足迹

小城大城越王台

　　喜欢初夏的五月。风是柔和的，阳光是柔和的，就连天空，也在一尘不染的湛蓝里，透着柔和。

　　这样的季节里，去爬山吧，去访古怀旧吧，起了念想的心说。

　　"……回舟不待月，归去越王家。"嘴里尚在咀嚼着李太白的《夏歌》，脚步已踏上了卧龙山的台阶。

　　脚下的草丛间，晨露晶莹剔透着。是山的精灵们滚落的眼泪吗，莫非昨夜不眠的古樟，又在夜的阑珊里，讲述了一宿远古的凄美、岁月的沧桑？

　　我抬头望向这晨风中近千年的古树，树叶沙沙，樟香缕缕……

　　晨间的卧龙山，是晨练人的天地。舞扇的，习木兰拳的，学太极的，打网球的，练嗓、跳操的……绿茵亭台间，不亦乐乎。

　　太平盛世，百姓安乐。这样的景况，该是当年受命于此地"筑小城、建大城"，辅助越王勾践称霸立业的建城始祖——范大夫的初衷吧。

据史料记载，绍兴城始建于春秋越王勾践七年。《越绝书》称之为"勾践小城"，即山阴城。

当年，范大夫以卧龙山一带为城址，"乃观天文，拟法于紫宫，筑作小城"。小城"周二里二百二十三步，陆门四，水门一"。后又在小城以东"承天门制城，合气于后土"，建成十倍于小城的山阴大城。大城周二十里七十二步，设陆门三，水门三，不筑北面，给吴王以越国臣服于吴国的假象之意。将周边的七座孤丘囊括其中，加之勾践小城内的卧龙山，形成"八山中藏"的雄伟气势。

在这方圆三百多亩，高不足百米的卧龙山内外，一草一木，一岩一石，一亭一台，无不蕴涵着一段历史，无不藏绎着一个传说。

樟香缕缕，树叶沙沙。"小城""大城"的故事，在这十步一景，百步一亭间，千百年婉转着……

通往越王台的院内，古柏参天，绿荫遮日。一叶莲葳蕤连片，摇曳在柔和的晨风里。

想当年，功成身退的越大夫范蠡，把"谦让"演绎到了极致。"蜚鸟尽，良弓藏；狡兔死，走狗烹。"寥寥数语，了然彰显智者的禅哲。毕竟，君权的天下独尊，才是最至高无上的。

"越王台规模宏大，周六百二十步，柱长三丈五尺三寸，溜高丈六尺。宫有百户，高丈二尺五寸。"《越绝书》上如是记载。相传越王台是越王勾践的王宫和阅兵之处。

今越王台，系后人为纪念勾践而重建。初建于宋朝，后屡建屡毁。抗日战争时又被日军炸毁，直到1981年再重建。

眼前，白衣素缟、双手按剑，团身盘膝、双目凝重的勾践，在越王殿壁上迎面而坐。仿佛间，两千五百年前的君臣对话，在我的耳边，余音袅袅；在大殿梁柱间，缠绕回转……

大殿上，刚从吴国入质三年而返的勾践谓范蠡曰："今欲定国立城，人民不足，其功不可以兴，为之奈何？"

范蠡进言曰："今大王欲国树都，并敌国之境，不处平易之都，据四达之地，将焉立霸王之业？"

这一刻，卧薪尝胆、复国雪耻的春秋故事，在越王殿巨幅彩绘壁画间，栩栩如生……

公元前490年起，由范蠡筑建的小城和大城，逐渐成为越国牢固的政治、经济、文化中心，使勾践"十年生聚，十年教训"的复兴计划，获得可靠保证，终于成就了春秋末年最后一个霸主之梦。此后千百年，绍兴城在范蠡奠定的基础上，虽历经岁月沧桑与风雨洗涤，而城址未变，格局依旧。直至今日，成为闻名全国乃至世界的江南古城、富饶的鱼米之乡。

樟香缕缕，树叶沙沙……

五月的风柔柔地吹着，五月的阳光柔柔地照着。站在越王台上，远眺、俯视，山脚处府直街的沿街集市，此时人来人往，熙熙攘攘，市民们的早市采购还在进行中。

劫劫长存，生生不息，宁极深根秋又春。昔日的小城大城，今日的绍兴越城，正日新月异在新的世纪。

未来可期。回望卧龙山，心说。

卧龙山麓范大夫祠

　　人，大抵如此，往往容易忽视眼前的风物，而心心念念于远方的景致。殊不知，他人向往之处，或许便是你熟视无睹的眼前。

　　2010 年由绍兴市政府重建的这座范大夫祠，其实与我日日课堂的教舍，才一小街之隔。步行最多五分钟，却与我相距十年之遥。日前，经一位文化老人的提点，我才去触摸那两千多年前的传说，才去走近那位春秋末年的旷世奇才。那扇厚重的朱漆大门，才被我轻轻叩开。

　　此刻，卧龙山南麓，宽大的照壁静静地矗立在范大夫祠前。我站在初夏的风里抬头，"中华商祖"四个鎏金大字，在阳光下，耀眼、醒目。

　　"范蠡，春秋时期越国大夫，辅佐越王勾践忍辱负重，卧薪尝胆，十年生聚，十年教训，卒能复仇雪耻，称雄中原。其所经营之筑城立郭，分设里闾，养鱼养畜，扶助农商等，亦均有利于越地经济社会之发展，厥功至伟。嗣后功成身退，浮海至齐，父子治业，经商致富，三散家财，周济穷困，富而有德，载誉史册。后世推崇为'华夏商圣'，民间则尊为'财神爷'，名垂千古，人所共仰。旧有范蠡祠庙多处，历代俎豆千秋，禋祀不绝，益见其流泽之远且久也。……"

身后传来了诵读声，是字正腔圆的绍兴方言。回头一看，一袭白衣衫裤的鹤发老人，背着剑袋，估摸着刚从卧龙山晨练下来，正眯着眼，大声地读着碑文。

老先生好精神呢，念得好！转过身，我对着老人竖起拇指。

"五湖森森烟波宽，何处黄金铸范蠡。财神爷爷，财神爷爷哦！哈哈……"老人念着，笑着，走远了。

而后，仿佛有一只无形的手，紧紧地牵引着我，把我带入这座依山而造、气势颇显的建筑内。

一步，一步，缓缓地，踏在祠堂内的青石板上，我想要走近，走近这位北宋文学家苏轼所誉人物——春秋以来，用舍进退未有如范蠡之全者。

一步，一步，缓缓地，透过雕梁画栋，飞檐翘角，楹联壁画，文物匾额，我想要细读，细读这流传千年，或沧桑，或凄美的故事传说，在咀嚼中回味……

近了，近了，一身布衣、睿智焕发的范蠡塑像，此刻，端坐在商圣殿上，端坐在我的眼前。

顺着范蠡的目光，是山门后正对大殿的戏台。恍惚间，我看到，烟云过处，戏台上，春秋吴越大戏，拉开了帷幕……

知音相携，投越辅主；夫椒之战，忍辱质吴；卧薪尝胆，待时而举；陈音习射，建城立郭；诸侯会盟，越国称雄；辞官经商，扁舟三江；筑塘开河，陶朱事业……

范大夫、鸱夷子皮、陶朱公，千秋才俊三易其名，于乱世春秋，斐然成就……

一群鸟的翅膀，划过戏台藻井上空，"大戏"嘎然而止。世间终无不散的宴席，唯有三迁荣名名垂后世，让无数世人望其项背，鞭长莫及。

懵懂间，我仿若隔世。回望，堂上的范蠡塑像，仍慈眉善目地注视着世间风物，犹如在告诫世人：帝王将相，富贵荣华，终不过是天地间小戏一出。

"……今岁为古城绍兴建城二千五百年，越王城全面整修，重建范大夫祠列入其中，盖有传承胆剑精神，不忘建城始祖之深意在焉。此祠建于昔范蠡构筑之小城内，位于卧龙山南麓，依山而建，地势雄胜。前后三进，飞檐翘角，雕刻精致，古色古香。内有众多匾额楹联壁画题刻，展示范蠡一生业绩。范蠡塑像置于殿中，睿智焕发，慈眉善目，供人拜祭。来至祠前，游赏胜迹，怀古览今，瞻仰先哲，瓣香沿袭，衣钵前贤。冀能继承传统而发扬光大，则于早日建成和谐社会，当不无裨益也。是为记。"

殿外，碑文依旧昭然在白日青天下。

祠堂上空，风淡云轻。

若耶溪剑灶

　　相传春秋时期，范蠡来到越国，为辅佐勾践，用了五年时间，在民间游历。"将之至任不可不察。"他深知考察与图谋尤为重要。于是，那些曾经默默无名的山川孤丘，便伴随着范蠡的足迹而名传千古。其中，若耶溪畔的上灶、中灶、下灶，作为范蠡为越王勾践督造铸剑的冶炼场所，便是颇具代表性的历史见证。

　　据史书记载，当年越大夫范蠡经过数年考察，向越王勾践献策，招募来曾为勾践之父允常铸剑的大师欧冶子，利用赤堇山出锡、若耶出铜的就地矿藏资源，在上灶、中灶、下灶，架起了三座大灶，燃起了铸剑的炉火，办起了巨大的冶炼工场。

　　儿时，笔者跟父辈们去清明扫墓，最开心的就是从下灶村的山坡上采映山红。那山头上，还有几块光秃秃的大石头，任我们一群小屁孩爬上爬下闹腾。稍大点，我从当地村民那儿知晓，那几块大石头便是老辈传说中的灶基石，是古时候越大夫范蠡督造"越王剑"的灶基遗址。那座小山因而叫作灶基岗。于是，它们在我的眼里，便多了几分好奇和神秘感。

冬去春来，年复一年，我们依旧会每年去下灶。在祭祖之际，便会遥想当年的范大夫带领古越先民，在那里烧炭熔炼，叮叮当当铸造兵器的场景……

再后来，发现村头立起了写有"灶基遗址"的深褐色指示牌。一旁的简介，几行隽秀小楷引人入胜："灶基遗址位于平水镇下灶村的灶基岗上……因其留有铸剑烧剑时的灶基遗址，而被当地人称为灶基岗。"

绕过山腰成片的茶园，通往灶基岗的羊肠小道旁，已另开辟了一条宽敞的上山车道，直达山上。山顶处，儿时爬上爬下的三块灶基石，依旧在山风中默守着岁月。我不由轻轻地抚摸着它们。呵呵，老伙计啊，我们又见面了！

21世纪初，上灶和中灶村落合并成为了剑灶行政村。剑灶村村口便是古船埠。这里，曾是古越国水路的主要船埠之一，是会稽山区老百姓通往城里的重要"口岸"。那座历经岁月沧桑的石拱桥下，若耶溪水千年不停地流淌着。这条水路便也承载着岁月的故事，见证着历史的繁华，见证着数千年的古越文化，而源远流长。

"喏，从那几棵高大的泡桐树后面上去，就能看到灶基石了！"农家庭院门口，一位淳朴的老人正指点着不远处的小山道，向一群游客介绍道。

这时，我仿佛听到，那首气势雄壮的剑灶村村歌《五彩剑魂》，又在文化礼堂里响起：

无论时光逝去多远，你总在我的心间；

无论我走向何处，你总在我的身边。

一团烈火辉映青山，虎胆融入剑身，

青铜宝剑历经多少春秋，浩气充盈在我们的山村……

日铸岭古道

这一年的梅雨，好似恩爱一双、天各一方的离愁，剪不断的缠缠绵绵，湿漉漉地，总也不肯消停。

在这样的雨季日子里，于细雨霏霏中，躲在他结实的木柄伞下，走一遭日铸岭古道，循一回先人的足迹，正所谓：别有一番滋味在心头。

位于会稽山腹地的平水日铸岭，海拔不过五六百米，然而，岭不在高，"有仙则名"。

相传越王勾践时，越大夫范蠡搜罗组建、并督造的铸剑团队，在此，以铸剑师欧冶子为首，设灶铸剑。

宋代吴处厚的《青箱杂记》中，这样写道，"昔欧冶铸剑，它处不成，至此一日铸成，故名日铸岭。"

虽则日铸岭名字的由来，存世多说，但范蠡曾于此地，督造出举世闻名的越王勾践剑，春秋故事世代相传，亘古至今。

全长五公里的日铸岭，陡峭自险，逶迤自要。而日铸岭古道，则蜿蜒其间。上至平水王化村，下至梅园锁泗桥的古道，历史上一直为本地山民通往外界的必经之地，也是古越绍兴的陆路要道之一。

由此可见，当年范大夫为完成督造铸剑重任，苦心选址于此地，最后终大功告成，绝非一时之劳，与他多年的明察暗访、谋划布局、足智多谋密不可分。

此刻的日铸岭古道，于烟雨朦胧中，更添几分神秘的色彩。

古道口指示牌上记述着，撰刻于明代万历二年的《日铸亭庵碑记》载："夫（日铸）岭东连台、温，西接杭、绍、阳明洞、若耶溪。咫尺名山，环卫耸参，往来络绎，商贷奔驰，乃今指之道也。"

踏上古道，立马被两边开垦过的田园，及满眼的野草所包围。放眼望去，远山云雾缭绕，宛若仙境；近处篱笆悄然，瓜藤攀架。狗尾草在耳鬓厮磨的苎麻、苍耳间探头探脑；粉黄的小蝶扑闪着翅，在细雨中的草丛里游离翩然……

"采菊东篱下，悠然见南山。活脱脱的世外桃源啊！"女人欢叫着溜出伞外。仰面，任雨丝湿润脸庞。

"你啊！"宽大的木柄伞遮了过来。

古道旁，成片的芒草，张扬着生命力。长长的棕红色花穗，在雨帘中摇曳生姿。芒似剑，穗如画。一刹那，恍若在诗行中行走。

千年古道，在这远山僻壤间，与天地为伍，原是从未沉寂过呀。

拾阶而上。脚下约两米见宽的古道，由条石与鹅卵石相间铺就，据说有两千余级条石。苔藓因了雨水的滋润，镶嵌满地，鲜绿其间。

一路有溪，名唤"香茗"，与古道并行。溪水汩汩流着，不分昼夜。

传说旧时，日铸岭古道上客栈的茶叶，皆采自古道边的日铸茶，而煮茶的水便是古道上的溪水。用溪水煮出来的日铸茶，醇厚回甘、栗香持久，因而誉名天下。村人便称这溪水为"香茗溪"。

遥想当年，范蠡的铸剑团队，把铸剑所需的木炭，肩负、担挑地从深山老林，运往岭外的三灶冶炼地，或是把赤堇山之锡、若耶溪之铜运到此地铸剑，都要途径此地。这冬温夏凉、清冽甘甜的溪水，定是彼时汗流浃背、气喘如牛的运输队伍歇脚时，必不可少的天然饮品。

溪水从古老的拱形小石桥下流过，桥身上覆满了青苔与绿芜。

问溪，可曾记得那时那日，西风瘦马古道旁，有玉树临风、器宇轩昂的古越军师，披一身火红的夕阳，从石桥上匆匆而过。

他要把利器铸成的佳音，早一刻传报于自己的王；他要把刻上"越王鸠浅，自乍用剑"的宝剑，亲手奉给自己的王。

溪水汩汩……

千年古溪，你可曾用欢流声，深深敬佩当年的铸剑监造师范蠡，识人、用人的眼光？

千年古溪，你可曾于岁月沧桑间，见识了范蠡把中原人才和先进技术，引进东南沿海的历史贡献？

溪水汩汩……

"快看！前面就是下马桥和议事坪。"一声欢呼，身旁人指着路标说。木柄伞下，两个意犹未尽之人，朝着古道又一处"前朝后事"进发。

　　　　会稽千仞常耸绿，清溪万斛自流淌。
　　　　悠悠古村民风淳，世外桃源此中藏。

　　我把诗句抛在了细雨迷蒙中，抛在了这岭，这溪，这天地间的古道上……

夏履越王峥

绿苔连紫钱，古泥互百步。

下埋数千沙，云是旧时路。

路上亦何人，跃马于此处。

当时鸟啄人，万啼嘶一顾。

　　日前，读到明代老乡徐文长的《走马冈》诗文，当下遐思翩跹。欲往这史籍典章多有记载的越王峥，一探究竟。想要用脚下步履，去丈量修竹老松间，曾经尘扬蹄飞的"跑马岗"；想要用追忆的心，去寻觅风烟飘渺处，越大夫范蠡摇动的越甲旗幡……

　　于是，避开"黄梅时节雨纷纷，青草池塘处处蛙"的连日梅雨，趁天色稍朗，一早驱车前往夏履。

　　"越王峥位于绍兴西北夏履镇北坞村内，距离市区约三十公里，是绍兴第二批县级风景名胜区。越王峥枕绍兴、萧山和诸暨三地，地理位置十分险要，自古兵家必争。系绍兴萧山交界的一座山脊……"度娘上如是诠释着。

出行前翻阅史料,《越绝书》上记载着,"越栖于会稽之山,吴追而围之。"乾隆《绍兴府志》亦有"越王山,一名越王峥,又名栖山"之载。

距越王峥山脚不远处,拓写着"越王峥"三字隶书的三块刻石,赫然醒目在路基草坪上。刻石附近,有碑文篆写着"夏履生态宣言":"夏履桥,三溪合一;越王峥,九龙盘顶。……"

刻石与石碑皆为二零零八年夏履镇人民政府所立。它们站在越王峥路口,向来往的游人过客与乡居百姓昭告着。这里,有故事、有文化、有风景;这里,俨然已成为又一品牌旅游好去处。

山脚处有石牌坊,上书"越王峥"。"危峰峭拔万山中,勾践当年此卧龙",牌坊两侧的对联,书写着明代廉吏来三聘诗作"越王峥"里的诗句。一副对联,悄然拉开了春秋争霸系列剧"越王屯兵"的帷幕。

竹林更深处,隐约传来了生死攸关时刻的君臣对话……

困于被围的勾践,仰天叹曰:"我其不伯乎!"欲杀妻子,角战以死。身旁的越大夫范蠡对曰:"殆哉!王失计也,爱其所恶。且吴王贤不离,不肖不去。若卑辞以让之,天若弃彼,彼必许。"

于是,王计从范蠡谋策,保存实力,君臣忍辱负重;于是,"苦心人,天不负,卧薪尝胆,三千越甲可吞吴",终成就春秋后话。

沿着越王古道,拾石阶而上。宽敞的石板铺就的故道,伸向山脊。

越王峥相传有九条山路可达山顶,故有"九龙盘顶"之称。其中最负盛名的便是脚下此古道。传说是当年,勾践为便利士兵下山采购粮草所修。

石阶蜿蜒而上，以势而设。海拔虽则仅为三百五十四米，然一千五百级弯弯曲曲的台阶，却也让人走得汗津腿酸。由此，坊间有"吓煞香炉峰，走煞越王峥"一说。所幸一路绿荫傍道，藤香、山莓、铜钱树等野生灌木，依坡攀生。山道旁最多的是狼萁，漫山茂然。为这些极具生命力的绿物所感染，遥想着当年三千越兵在此屯兵，休养生息，图谋重振旗鼓的不屈之举，不觉间，拾石阶的脚步便也稳健许多。

快到山顶时，弯道上系着竹编腰篓的老伯，正在清扫山路。问老人家"十八跑马岗"在哪？他指着前方山顶古寺说，沿寺旁小路过去便是。

山顶古寺，名"深云"，亦称"越王殿"，是后人为纪念先祖曾在此厉兵秣马、励精图治之精神而建。

绕过古寺，沿着新建的嵌草石饼路，便到了心心念念的走马岗。当年烟尘飞扬、马蹄声声的"跑马岗"，今日已沉寂在竹林乱石之中。唯闻山雀在林间婉调啼鸣，夏虫在草丛里浅唱深吟。山风过处，竹叶沙沙。"越兵走马迷吴"的典故，在此刻的竹影斑驳里，在细碎的日光辗转中，泛黄着久远的篇章与诗行……

公元前494年，吴越夫椒一战，勾践兵败退守越王峥。吴王夫差派探子前来刺探军情。身为越国军师的范蠡，想出妙计一着。他亲自挑选了十八匹战马，首尾相连，马匹间挂上灯笼，沿着山岗来回狂奔。尘土飞扬中，伴以士兵嘶吼，似有千军万马在山上操练。吴王遂不敢贸然进攻，越兵得以躲过一劫。"十八跑马岗"由此得名。

星移斗转，烽火泯灭。岁月峥嵘中，草木枯荣，日新月异，然而两千五百年前的卧薪尝胆、奋发图强的形象与精神，深深感染着越地人民，乃至熔铸于中华民族的精神血脉之中。

站在山顶，回望，"禅宗霸业青山在，越海吴江白雾笼"，书写着徐渭诗句的山门，似忠贞的卫士，守着身后的古寺院落，映着周遭的层峦叠翠，在岁月无声处，兀自成景。

栖兵山越女阁

在位于杭州与绍兴交界处的杨汛桥镇上，有一座古老的山庄，当地人惯称"仁里王"，聚居着书圣王羲之的后裔。山庄依山傍溪，山名"栖兵"，溪称"天鹅"。相传越王勾践曾栖兵于此，故名"栖兵山"。

千百年来，这座古老的山庄里，留下了诸多历史文化遗迹。栖兵山上的越女阁，便是这串珍珠般史迹中，熠熠闪光的一颗。

站在当地人为纪念越地巾帼而设的越女阁内，眼前，"越中十女"图赫然在目。"贤女勾践夫人、剑女於越氏、美女西施"，我轻念着其中这三个美丽的名字，思绪如开闸的急流，喷涌而出。

手握纺针的越夫人雅鱼，身佩剑器的越女，浣纱而归的西施，此刻，这三个与越大夫范蠡同处于春秋战国年代的美丽女子，正从硝烟弥漫处，向我款款走来。她们的身后，是范蠡那一双深邃的眼睛……

"君为王，我为后，结发相从期白首。君为奴，我为婢，人间反覆何容易。为婢不离家，为奴去适吴。死生未可测，离别在斯须。君谓妾莫悲，忍耻乃良图。自怜儿女情，能不啼乌乌。仰盾庭前树，一岁一荣枯。与君若有重荣日，匆匆未可弃褕翟。"

是谁，拖着受尽凌辱之体，于吴宫的奴仆下屋里，咬碎了银牙？是你，勾践夫人，对着漆黑的夜空，血泪成滴。你只为，遵越大夫范蠡那"留取青山，从长计议"之策，入吴为奴为婢，死生相随夫君。你只盼，恶梦后的朗朗晴日，越国旗鼓重振，夫君霸业终成。

越女，春秋越国最富盛名的女剑术家，你可曾料想过，凭借无师自通的天成剑法，自己有朝一日，会在越王勾践的春秋争霸鸿图上，留下浓墨一笔？

史书《吴越春秋》记载，越王勾践谋划伐吴，问计与相国范蠡兵弩之事。范蠡根据多方考察掌握的信息，向大王推荐了剑术高超的越女。范蠡曰："今闻越有处女，出于南林，国人称善。愿王请之，立可见。"越王乃使使聘之，问以剑戟之术。

于是，越女叩见，与越王勾践坐而论剑。当下，动静之术，虚实之法，无不精通。越王大悦，赐其号为"越女"，并令军中队长及武学天赋者跟越女习剑术，然后教于士兵。年余，陆续教习者三千有余。后人誉之为春秋第一剑客。

"舞剑器动四方""天地为之低昂"。今日，古越剑术师越女，于剑光交织中，翩若惊鸿的英姿，则定格在越女阁的"越中十女图"中，与岁月长存，受后人称颂。

"西施越溪女，出自苎萝山。秀色掩今古，荷花羞玉颜。浣纱弄碧水，自与轻波闲。皓齿信难开，沈吟碧云间。勾践徵绝艳，扬娥入吴关。提携馆娃宫，杳渺讵可攀。一破夫差国，千秋竟不还。"

一首凄美的李太白《西施》诗，道尽了一个古远故事的凄美。

春秋战国，吴越争霸。范蠡为使勾践复国雪耻，谋划美人计，且被委以寻美之要。苎萝山下，浣纱溪边，范蠡与浣纱女西施相遇，一见钟情，两心相悦。然为家国重振大业，一双情侣无奈拆分……

至于西施结局，历来众说纷纭。有"沉海说""隐居说""落水说""被杀说"，等等。世人大多寄愿于"有情人终成眷属"之美谈，如《越绝书》所记述："西施，亡吴后复归范蠡，同泛五湖而去。"

然，我则愿，美丽的西施，洗尽铅华，在没有战争也没有情仇的故事里，浣着东西村的衣纱，采尽苎萝山的野花。即便，从没有吴宫的馆娃，也没有春秋的厮杀……

越女阁中，我列数着"越中十女图"上美丽的名字，继而感叹着，过往历史，终将在岁月中灰飞烟灭，而以德以功自树其碑之越中巾帼，则万代流芳。如勾践夫人，如越女，如西施。

越女阁外，栖兵山的秀竹，在仲夏的风里，摇曳着安宁的时光。山脚下，天鹅溪的碧水，一如既往地清冽着。

柯桥蠡园

随同老师行至柯桥蠡园，正值午后。离夏至还有数日，气温一下子飙升。此刻，天蓝云白，太阳明晃晃。

颇有气势的石牌坊，矗立在大门口，构成了蠡园的第一道风景线。坊上横批镌拓着"於越有光"四个蓝底打字，望去古朴有力。两侧分别书写着"少伯善思思危思退思变""大夫重立立德立功立言"。

一座牌坊，一段千年历史的记载；一座牌坊，一串春秋故事的蕴涵。

这位被后人津津乐道的"商圣""慈善鼻祖"，其思想与功业，在这言简意赅的楹联中，卓然彰显。

"范蠡的思想，既包含了儒家的治国齐家平天下，也包含了道家的无为而治。"身旁的老师站在楹联旁，慢条斯理地跟我讲述着，"世人誉之，忠以为国，智以保身，商以致富，成名天下。"

热辣辣的太阳底下，年近古稀的老师，眼里有星星在闪烁。"三聚三散"，载入《史记》的千秋美谈，在我耳畔萦绕……

春秋末年，辅佐勾践兴越国、灭吴国的范蠡，在功成名就之后，一封辞呈，脱下官服，白衣袭身，乘舟而去。此为一聚一散。

辗转而至齐国、更名为鸱夷子皮的范蠡，率全家，"耕于海畔，苦身戮力"，且以捕鱼、晒盐，兼而经营。于是，"父子治产，居无几何，治产数十万"。

齐人仰慕其贤能，拜作丞相。范蠡感叹："居家则至千金，居官则至卿相，此布衣之极也。"于是，他归还相印，家财分于乡邻，再次隐去。此为二聚二散。

离开齐国于陶地的范蠡，以"朱公"染指商旅。史料上记载，范蠡"父子耕畜，废居（卖出买进），候时转物，逐十一之利"，把农业、畜牧业、商业三者结合。这样，数年后，范蠡再次富甲天下，被称为"陶朱公"。

后来，在一次营救儿子的问题上，范蠡所阐述的"长子知道为生艰难，不忍舍弃钱财；少子生在家道富裕之时，不知财富来之不易，很易弃财。……次子被杀是情理中事，无足悲哀"之理，后人谓之三聚三散。

以铜为镜正衣冠，以史为镜知兴替，以人为镜明得失。浸润在古老传说里的我，不由感叹着：作为一代谋士与商圣，范蠡的人生智慧，范蠡的经营思想，对于今天建设小康社会的我们，弥足珍贵。

步入蠡园，广场中央，坐落着高大的白色石刻范蠡雕像。衬着云卷云舒的蓝天，佩剑背手，衣衫飘逸的商祖，神情自若地凝望着前方，凝望着中国轻纺城。

围绕着雕像的六角平台，四周地面上，雕刻着"范蠡理财致富十二法则"，楷体清晰地排列成行。

一旁戴着草编礼帽的老师，指着这"十二法则"，看看我，笑而不语。遵命，我近前细观。

"一能识人。知人善恶，财目不负；二能接纳。礼文相待，交关者众；三能安业。厌故喜新，商界大病；四能整顿。货物齐整，夺人心目……"

太阳下，我绕着它们，认认真真、仔仔细细地逐字读诵着。额头有汗下来，滴在了地面的字行间。

起身，我冲着老师会心一笑。

范蠡雕像后侧，是两块硕大的浮雕石碑，分别名为"越国重臣"碑、"华夏商祖"碑。

为质于吴、十年教训、十年生聚、君臣论道、耕于海畔、富行其德……石碑静静地叙说着这一系列流芳百世的故事。

故事属于范蠡。从楚到越，由越到齐；从一介布衣到一位上将军，由流亡者到大富豪。既以"勇而善谋，能屈能伸"的谋略英名著称于世，又以"三致千金，三散其财"的富而好德精神称颂千古。

故事属于历史。范蠡的经商理论，对后世乃至今时，都有着启迪与教育意义。他的商业道德，更成为后人之表率。

眼前，望着老师站在范蠡雕像下的背影，我打开手机，悄悄地摁下了拍摄键。

抬头，天自蓝，云成画。

上虞陶朱公庙

传说，你曾于此垂钓隐栖；而我，就在六月的三溪，看天蓝云集，觅石壁下，你遗落的足迹……

从丰惠三溪村归来，我摊开日记本，一笔一划地写着。我把所有的敬仰与感怀，浓缩在字里行间。我在字里行间穿越，方寸间，两千五百年前的历史与春秋故事，仿佛触手可及……

日前，徜徉在三溪村口的古樟前，我抬头仰望，云天下，粉墙黛瓦、飞檐翘角的上虞陶朱公庙，似一位素衣儒雅、满腹经纶的老先生，正襟危坐在石壁高台处，凝神静思。

明代永乐年间，作为《永乐大典》编辑之一的上虞人叶砥，为重修后的此陶朱公庙撰文："上虞西南不十里，而近有山曰坤山。山之北麓，有分注于东西者，曰西溪、东溪。溪之右涯有坡突起，若狮豹蹲踞，俯首却顾。其上有陶朱公庙在焉。"

水乡古镇的寺院庙舍，大多建筑在地势平坦处，像这样坐落于断崖石壁之上的庙址，实属少见。

明代《万历上虞县志》记载："上虞坤山下之西溪湖，诸峰映带，颇为绝胜，五湖之一派也，为范蠡徙入五湖处。"范氏后人就地立祠建庙祀文，此祠即为"陶朱庙"，始建于宋，明代作过修缮，后屡毁屡建，直至 2019 年旧址上焕然一新。

另外，北宋政治家、文学家，自称范蠡后裔的范仲淹，亦称"范蠡……尝寄迹于虞。虞西溪阴有槎，大十围，公时乘之垂钓。公去，槎坠水不复浮。名其山曰钓台。就此地祠以祀公，迄今不衰。"由此可见，庙的渊源，始于范蠡徙入上虞丰惠西溪湖垂钓的传说。

高台下，有双溪环绕。两溪交汇处，一株高瘦的古樟，伸枝吐叶，俨然又春。它的树身合二为一，同根双分，犹如红尘秦晋，于天地间朝昔相伴，同生共死。

此情此景，不由让我想起范蠡与西施——这一对传说千年的情侣。《史记》载，越大夫范蠡助勾践灭吴后，弃官携西施，出三江，入五湖，三转而至陶……《越绝书》亦记："吴亡后，西施复归范蠡，同泛五湖而去。"

传说是美丽的，如同眼前，围绕着古樟，那朵朵闹腾在丝瓜架上热烈的花事。

通往高台祠庙，有石砌庙桥，古朴典雅，引援而上。在两侧宫灯的簇拥下，上书"陶朱公庙"的烫金雕花横匾，高悬山门之上。

进入山门，雕有镂花"福"字的中式照壁墙，迎面而立。其背面，是整墙的陶朱公商训。

看到这商训"十二法则"，便想到了范蠡所著的《计然书》。当年，范蠡辅助越王勾践，复仇灭吴，成就霸业后，决然隐退，泛舟湖海，于陶地以"朱公"名号商旅，富甲天下，被人尊称"陶朱公"。这《计然书》，便是陶朱公参以自己的见解与经商实践，辑录老师计然的七策之言，向后人传授的致富术。可见，"名师出高徒""青出于蓝而胜于蓝"，用于形容范蠡是名副其实，恰如其分。

步入正殿，硕大的"商圣"二字，醒目堂上。殿中央，范蠡与西施坐像双双并排，栩栩如生。一瞬间，我竟有泪目的冲动。历尽劫难，隐退江湖，一双有情人终成眷属。人世间最美好的寄愿，大抵如此。

我下意识地把目光注视在西施坐像上，浮想联翩。相传，范蠡为勾践督造"越王剑"时，发现一种集青铜剑的王者之气与水晶阴柔之气的物质，于是连同铸成的"王者之剑"，一并进献给越王，得越王赐名"蠡"而归还于他。而对西施一往情深的范蠡，把"蠡"作为信物赠送给了美人。西施前往吴国和亲时，回赠信物，泪滴"蠡"上。后人遂称之为"流蠡"，即琉璃的由来。

时光荏苒，岁月无痕，虽则一些历史故事已无从考证，然而千年传说，世代相颂，于红尘，弹拨着世人的心弦，仍余音袅袅。

大殿东侧，一块落款于己亥年仲春的"重修陶朱公碑记"，向游人过客昭告着陶朱公庙的过去与现在。而大殿之上，被后人奉作"财神"的范蠡，其预测行情、贱买贵卖、质高货真、薄利多销、旱资舟水资车、加速周转等一系列经商思想，不仅影响了春秋列国，且一直延续至今，具有现实意义与宝贵的时代参考价值。

这会儿，见东厢房守庙之人正在择菜，我便上前攀聊起来。其间，饶有兴趣地听他讲了一个民间小故事。

当年陶朱公造秤，红木嵌金里，南斗六星，北斗七星，再加福、禄、寿三星，十六两为一斤。宣告云：缺一两折福，却二两折禄，缺三两折寿。因此，制约了当时经商买卖中的短斤缺两劣习。

听罢小故事，耳畔仿佛响起《清官谣》："天地之间有秤秤，那铊是老百姓，秤秤子呦挑江山，你就是那定盘的星。"财神范蠡，对当代社会的最大启迪，莫过于呼唤"富好行其德"的仁信精神，莫过于呼唤"财聚而裕民"的社会责任。

"翠峰高耸白云处，我祖曾居水石间。千载家声犹未坠，子孙常解爱青山。"我把范仲淹的《题寓宅诗》，工工整整地写在日记本的末了，内心有一个声音在震荡：范蠡，中华商圣，慈善鼻祖！

第四辑

山水几许

诺邓，藏匿在深山里的故事

　　从大理下关到云龙，新建的"大漾云"高速路，如游龙蜿蜒在起伏的山峦青绿间。自驾一个半小时后，我们到达了距磻溪一百七十七公里外的诺邓，这个记载在云南最早史籍《蛮书》中、藏匿在滇西深山里的古村寨。

　　出发前在相关史料中了解到，诺邓自古出盐，盐质非比寻常，是不含碘的钾盐，且口味清淡、渗透力强。所以用诺邓盐腌制的当地火腿，可长期保存、香而不咸，其美味一直享誉全国。诺邓在汉朝就已经开凿盐井，形成"诺邓井"之名也有一千三百多年了，是一个典型的以盐井为生存依托的寨子。早在明朝洪武年间，设置的五井盐课提举司，就入驻在诺邓井。一个小小的诺邓，因为盐而成为明清朝廷重视之地。

　　从车上下来，天下起了零星小雨。雨，是那种名副其实的"飘"，凉丝丝地掠过脸庞，落在身上若有若无，颇有"两三点雨山前"的意境。抬头，群山环抱中，红墙黛瓦的村舍，透着古朴的气息，层层叠叠、栉比鳞次。一幅沉淀了岁月的天然画作，出现在我们的视线中。

踏上村口的石桥，雨滴密集起来。撑开竹骨绸布伞，我跟在提行李的男人们身后，沿着狭窄的村道前行。与其说是行走，不如说攀登来得妥帖。陡峭的小路全由大小不等的红砂石镶嵌，而它们的棱角早已被岁月磨平。低头，我发觉缠在身上的水墨雪纺长裙，此刻是有多么的累赘和不合时宜。

几个人沿着不断攀升的黑瓦红土墙、木梁木门窗的村舍，以及原生态的石头墙裙，经过近千米的七绕八拐后，眼看不远处屋顶后有一巨大的树冠映入眼帘，估摸着就是我们此行的落脚点——大青树客栈了，于是深吸一口气，脚下加快了攀援的步伐。分叉路口，我们稍一迟疑，拐错了方向，又多绕了两个弯口。

待客栈管家接过行李时，气喘吁吁的我们才哭笑不得地得知，但凡客人的行李，都是需要通知前台，让骡子驮上去的。男同胞们幸运地替骡子做了一回搬运工。

已到午餐时间，冲着我那十几公斤的行李箱，为了向小伙伴表示由衷的谢意，我特地点了价格不菲的诺邓火腿。开饭前，我们在厨房前的屋檐下，看到几个阿姨正在拆卸火腿。其中一个阿姨告诉我，山上放养的黑毛猪黄毛猪白毛猪，吃野草野果野花虫子等，肉的香味就来自大自然，再经过诺邓盐的腌制发酵，有年份的诺邓火腿自然就特别美味了，所以不尝尝我们这儿的火腿，大概不算到过诺邓吧。阿姨边说边抿嘴偷乐着，完了补上一句，寨子里家家都会腌火腿的。一旁的我听得早就直咽口水。

上菜了，满满一盘蒸火腿片、一锅乌鸡菌汤，外加几个当地土菜，吃得几个人直呼过瘾。

餐间，一只毛色黄白相间的独耳猫一直在我们脚下钻来钻去，喵喵着，仿佛早就与我们相熟。想着猫要吃腥，记起我的布袋包里还有一小包鱼片，便起身掏出来，撕开包装袋，喂给脚下的猫咪吃。这家伙一边吃，一边发出了满意的"嗷呜嗷呜"声。

　　"诺邓"，白族语，意为"有老虎的山坡"，历经唐、宋、元、明、清各个朝代，村名从未改变，一直沿用至今。当然，山上虎影早就销声匿迹，唯有老虎师父扭着小屁股，长尾高竖，在寨子里晃悠。

　　午后，那只独耳猫躺在雨后初晴的道地里，与酒足饭饱的我们一起歇息在大青树下。我盯着它的一只耳，心里犯嘀咕：是先天残疾还是被野兽咬去？不得知。总之，它现在在清新的山风中，在时隐时现的阳光里，享受着属于它的幸福。就像此刻慵懒的我们。临近立夏，山坡路边、墙里墙外、天井院落，铺天盖地的花香浸染着这个千年白族村寨。

　　这颗四季常青的大青树已有八百多岁，是我们诺邓村的地标之一，也是村里尚存的四十多颗古树中最年长的。客栈管家娴熟地向我们介绍着。我侧身数了起来，123456，大概需要三四个成年人环抱的树身上长了六个粗壮的分叉，散枝开叶着茂盛。葳蕤的树冠就像一把巨伞撑在村落高处，为村民遮风挡雨，庇荫一方。

　　所谓好风水，该是如此吧。

　　独耳猫伸展四肢，翻了个身，又眯上眼继续假寐。随着一阵山风，透过树荫缝隙的阳光，将摇曳的斑影投射在道地上。坐在石凳上，有那么一会儿，我沉入了梦魇般的恍惚。

那些斑影如水波荡漾起来，涟漪扩散处，一个牧羊人赶着他的羊群来到青石崖下，羊儿们低头伸舌，在地上、石崖上舔了又舔，不肯挪步。牧羊人凑近一看，是些白色粉末。他用手指蘸了点一尝，居然是咸的，还带着点鲜味。牧羊人欣喜若狂，就在附近的一颗大青树旁扎营为家，开挖盐井，煮盐为生，再也不走了。渐渐地，越来越多的人来到这里依山结庐安家、凿井制盐；渐渐地，商贾云集，诺邓村寨并不宽敞的山间小道，踏出一条四通八达的盐马古道。骡马项铃叮当……

"来，吃点西瓜，喝点茶润润口呢！"温柔的语音在耳畔响起，我打了个激灵，回过神来。笑语嫣然的客栈女掌柜把一碟西瓜和一瓦缸茶放在了长条石桌上。她边给我们倒茶边说，这是我们家祖传的养生茶，里面有薄荷、葛根、甘草、金银花等中草药，有清肠消炎的功效。

我端起茶盅，喝了一口，一股清凉和着甘甜徐徐入喉。于是，在大青树下，在花香弥漫间，品着清香满溢的养生茶，大青树客栈的前世与今生，宛如一位戴着风花雪月帽的白族"金花"，款款向我走来。

大青树客栈保留三坊一照壁的前院有七个房间，后院五个客间。现在前院除了天井留给客人休闲，其他房间都是我们家人自用。

这个院落最早的主人叫黄桂，学识渊博，有"滇中儒杰"美称，是云龙历史上第一位著名诗人，他是我们黄家的第十代祖先，我们是黄家第二十代后人。"文革"期间斗地主分田地，这个院子分给了五户人家。后来，我妈妈从1998年到2008年，花了整整十年时间，从五户人家手里把院子买了回来。

那是 2001 年的一天，来了一群法国背包客，他们在大青树下搭帐篷。因为树下是土泥地，下暴雨就搭不了帐篷，他们就进来跟我妈妈借宿。当时他们说的是法语，我们也听不懂。他们就用手势比划，妈妈大概知道了他们是想住在屋里。爸爸就用两个凳子和几块木板搭了床，铺上草席和大花被，当晚这个房间就让他们住了。

第二天临走时，他们在枕头上放了一美元，相当于八块多人民币。那时我妈妈从早到晚给人打工一天也就八块钱，她想着房子空着也是空着，所以开始出租，算是大青树客栈的雏型吧。那时也没有多少生意。真正火起来是在 2013 年央视《舌尖上的中国》摄制组来过之后。十三四年，基本每天都有三四百的收入，我们觉得非常好了。

到了 2019 年，整个诺邓村都在重建，除了我们家，其他村民做的客栈都有独立卫生间，于是我就跟让表哥帮我核计一下，把后院的房间做起来需要多少钱，他估摸着说只要十七八万就可以了。我一听就来了劲，让他仔细算算，而后他报给我的数字是六十八万。咬咬牙，后院开始动工了。等到一切尘埃落定，原先设定的十个房间也变成五个大间了。最后你猜猜一共化了多少？一百六十八万。哈哈！

这个年轻白族女人的笑声里充满了自豪。重回深山村寨的大学毕业生，用收获的知识和越来越开阔的眼界，跟着家人一起抓住机遇、创业奋斗、与时俱进，个中艰辛只有亲历者才能体会。感慨中，我重新打量着眼前这个穿着一身碎花红裙，已然汉化的娇小女子，秉承善良、温柔和勤于持家的族人女性特点，大青树客栈掌柜，不就是山寨新一代知识"金花"的典型代表吗？

正对大青树的石牌坊，原为五井提举司衙门旧址，后成为黄氏家族科举题名坊。女掌柜指着牌坊，给我们讲了又一个故事。

明成化二年，福建人黄孟通任五井提举。五井是当时大理云龙州境内盐井的统称，有诺邓井、顺荡井、天耳井、师井、山井等盐井。黄孟通在其任期内的第九年，因辖内的顺荡井未完成盐课任务，便留下儿孙继续征补盐课，自己告老还乡回福建老家去了。岁月流逝，提举司衙门渐渐演变为诺邓村的黄家宅门，旧址上也镌刻上了黄氏家族历代举人、进士的功名。

耐人寻味的故事余音袅袅，我回望静默在夕阳下的大青树，思绪像张开翅膀的鸟，盘旋在依旧骡铃声声、民风淳朴的古村寨上空。如果说树有灵气，那么这千年大青树，早已成为村民心中的风水神树，日夜守护着山寨的安宁。

趁着太阳尚未落山，我们出北村口，沿着石铺山路逶迤而上。山腰处有一棂星门坊。我抬头仰望这滇西最为古老的木牌坊，虽经岁月冲刷，但五层龙首斗拱上的雕刻彩绘依然清晰可辨。牌坊正反两面分别书写的"腾蛟""起凤"四字，源自唐王勃的《滕王阁序》，寓意文章气势犹如腾起的蛟龙，飞舞的彩凤。

事实上，当年五井提举司在此设学祀孔，家学私塾盛行，提倡"三更灯火五更鸡"的学风。据传，明清时期，此地共出"二进士、五举人、贡爷五十八、秀才五百零"，可见诺邓教育渊源深厚。

"同学们，上课了！"一个柔和的声音通过扩音器打破了山林四周的宁静。随着悦耳的铃音，我们惊奇地发现，前方右侧居然是一所学校。我往高大的黄墙内观望，绿荫环绕中，几栋气势不凡、颇具民族特色的飞檐教育楼依山而建，在蓝天白云的映衬下显得尤为壮观而美丽。"为爱上色"，一面与蓝天同色的照壁上，四个红底白字醒目着。诺邓村的孩子们好幸福啊！我由衷地感叹。

我们继续往上走。快到山顶时，看到了传说中建于明代的千年古刹——玉皇阁古建筑群。古木簇拥中的群寺恍若置于烟尘之外，楼榭参差、殿阁如聚，一院高于一院。层层向上的十余幢建筑，如今保存尚好的为一、三层阁楼，几百年过去了，巧夺天工的雕梁画栋、斗拱飞檐依然美轮美奂。

来到玉皇阁，只见大殿中央顶端，久负盛名的诺邓一绝"二十八星宿藻井"赫然在目。我仰起头，只见排列有序的木板上，分别画着代表天上星宿的各种奇珍异兽，并按道家八卦方位拼合成穹隆藻井，色彩鲜艳如初，当下惊呼，这三十一块木板组成的二十八星宿图，不愧为是集宗教、绘画、天文学、玄学于一体的艺术瑰宝呀，它更像一颗藏匿在大山里的明珠，于岁月深处兀自璀璨。

古建筑群里除了玉皇阁，还有两个院子相连的文庙武庙，分别供奉着孔夫子和关公，足见诺邓人历来崇尚"文武并举"。

在文庙廊下，一块写着"云龙县果郎乡诺邓中心完小"的木牌，倚靠在红砂石奠基的墙角。重叠着年代感的墙面和屋檐下，花鸟走兽的装饰壁画清晰可辨，木格子门窗紧闭在静寂的时光里。高处一块不大的露天场地，残留着曾经人为活动的痕迹。虽然早已人去楼空，但这里的一草一木，显然向我们提示着：这里，曾经是孩子们挪用过的书房。

在原路而返的山路上，从一位路边摆小食摊的村妇嘴里，我们获悉，在诺邓新校舍建造前，乡里的孩子们就是在古建筑群里借读。文庙是一年级，武庙是二年级，玉皇阁是三至六年级，一共六个班级，村里大一点的孩子都在这里读过书。

"早前，我儿子去庙里读书时，都是带锅去自己做饭的，现在的孩子好了，在新学校专门有人给他们做饭，吃得可好呢！"临了，村妇用两只黝黑的手推了推头上的白家黄线帽，笑眯眯地告诉我们。

"同学们，下课了！"山腰处，伴着铃声，再次响起那柔和的声音。哦，孩子们放学了！我使劲踮起脚尖，想看一看这些鱼贯而出的小身影。然而，高大的院墙挡住了我的视线，只有银铃般的欢笑声从天蓝色的照壁后传来。周围，宁静的山林已披上了夕阳的余晖。

是夜，在大青树客栈的樱桃树下，抿一口老板娘亲手浸泡的普洱茶酒，就着小木桌上跳跃的驱蚊烛光，我读着这样美丽的文字："崇山环抱，诺水当前，管重密植，烟火百家，皆傍山构舍，高低起伏，参差不齐，如台焉，如榭焉，一瞻而尽在眼前。"

庐山诺那塔院

"可乐、酸梅汤！可乐、酸梅汤！"在庐山小天池景区附近，一个兜售饮料的小男孩，给我指了上山的路。

虽值盛夏午后，但山上凉风习习。茂密的绿荫，成了遮挡烈日的天然屏障，只将斑驳的树影，投射在青石筑就的山道上。四周的蝉鸣虫吟鸟叫声提醒我，这里是它们的家。

拾阶而上，映入眼帘的是两旁成行的藏式小白塔，沿着陡峭的山体，犹如护山卫士，静静地伫立在盛夏的午后。驻足近观，每个塔座上都刻有供奉的居士俗名。白塔是祈福与佑民的象征，据说此处的白塔有百数之多，里面存放有经文，也叫藏经塔，寓意佛法如日月之光普照大地。

在二十几度的凉爽气温中缓缓而上，丝毫没有暑热感。一阵山风吹来，耳畔传来了轻柔的叮铃声，似梵音袅袅拂过，内心不由平静下来。抬头，循声而视，见身旁高处的松枝上，古铜色的管状风铃摇曳撞击着，若有若无的禅意在风中蔓延。"叮铃"，潜意识里，身体内某处隐约的伤痛在消逝。

登上山顶，迎面便是庄严肃穆的舍利白塔，衬着一尘不染的蓝天，如一位披挂着阳光的巨型神僧，在人间兀自静默打坐。如此藏式喇嘛白塔，在内地实属罕见。

山上的诺那塔院，始建于明朝万历年间，初名为法海寺，当地人也称之为小天池寺，是藏传红教在内地唯一的密宗道场，经岁月烟云而屡毁屡建。当年诺那祖师在此闭关修行、传法度众，并打破祖规，将密法传承给汉人，他生前还自行堪定小天池为其安葬地。活佛圆寂后，众弟子遵其遗嘱，在此建塔供奉灵骨舍利，并更名为"诺那塔院"。屈指而数，风风雨雨中的塔院，历经四百多年的岁月，也只宛如一瞬间的时光飞度。

通过塔院门楼，院子中央有一圆形泉池，池水清澈泛碧。说是天池，其实比水井略大而已。这便是传说中"久雨不溢，久旱不涸"的"小天池"。"不溢"与"不涸"，缘自地表水与地下水相互补，形成良性水循环。记得古罗马哲学家西塞罗曾说过一句话——顺乎自然生。由此联想，人若能敬畏大自然，尊重和顺应自然规律，不去破坏和谐的自然环境，学会与自然万物和谐共生，人世间才能有风调雨顺、幸福安康的生活。

祖师殿门口，遇见一对身穿同款禅服的小青年，正在上香。女生素颜而清秀，男生一脸阳光。

是来此参加禅修活动吗？我轻问。

是的。年轻的眼里有虔诚的光在闪动。

早就听闻诺那塔院有不定期的禅修活动，而且近年来逐渐成为为年轻人打开大门的网红"公益禅修"。每次禅修费用为"结缘"式，或多或少，随意愿给塔院。由此，吸引了众多的年轻人拖着行李箱，纷沓而至。通过参加坐禅、行禅、诵经、抄经、佛学讲座、出坡（打扫寺院）等活动。扔掉手机，闻着檀香，听着钟声起床，为迷茫的心灵寻求一处寄托的港湾。

我又问女孩，寺院里的饭菜好吃吗？女孩笑了，好吃，特别香！

是啊，可以想象，静下心来的那份咀嚼的滋味，何止是香甜。

塔院四周的石台子上，还有许多仪态各异的石头小和尚，或合掌诵经，或仰首直立，或盘坐阅读……阳光照在这些可爱的石雕身上，泛着浅浅的金色，煞是好看。

塔院内有许多高大的绿植，在风中不时沙沙作响。这些受香火熏染，伴着诵经声，刻画年轮的大自然的生命，或许早已参透"象外之象，景外之景"的禅意世界了吧。在一株覆盖着厚厚青苔的古树下，看着一只小小的蜘蛛，在树身上忘我地编织着它的丝网，我恍若隔世。

我是我祖先的延续——血缘，乃至心灵。上香的那刻，我听见心如是而言。

此时，无住亭下，磅礴的夕阳正在浩瀚的九江上空，演绎最后的燃烧。

亚丁印象

泓发来照片与视频，说，她到了亚丁。我跟她说，一切小心。她乐呵呵地回我，挺好。

泓比我小六天，隔天便是她的生日。泓说，她要在川藏线上，采一把野花，送给自己。

泓是我姑娘时的女伴，早年去了上海。之后，她在上海滩，风里来雨里去，独自创业，经营商务餐饮。一晃，几十年过去了，女汉子终于歇下来，开始过自己真正想要的生活。

看着泓的照片，记忆之手将我牵回到八年前……

2012年的仲秋，我和妹，以及妞她爹，一行三人，与亚丁赴了场难忘的约会。

那年，亚丁的机场刚开始动工。我们飞到成都，租坐当地旅行社的一辆依维柯，前往稻城。

我这人有个臭毛病，自己开车，连续几小时都不碍事，但只要一坐车，若不打紧入睡，便会晕得七荤八素。

就这样，第一天，从成都经雅安、泸定、康定，到新都桥，我这一路是吐得昏天黑地。到新都桥时，天已黑下来。

我们住宿在一户农家乐性质的藏民家里。女主人穿着好看的藏服，戴着好看的藏饰，会做好吃的酸奶。记得那晚，我吃了好大一碗酸奶，还有，热乎乎的奶茶。吃了，折腾过的胃便也缓了过来。

只是，到了半夜，头便像上了紧箍咒似的痛。心里明白，新都桥海拔三千三，高反了。出行前，吃了一周的红景天不管用。问妹，她也同样头痛。

迷迷糊糊地睡到天亮，醒来，感觉好多了。

从新都桥到理塘，沿途的 318 国道，被称为"摄影家走廊"。路旁成行的白杨，在蓝天白云下，在秋阳秋风中，闪耀着金黄。有着彩色窗檐的藏式民居，散落在公路两旁。不时有几头牦牛，出现在车窗外的视野里。

这世外桃源般的田园风光，十足冲淡了一路坐车晕车的不适感。

通往理塘的途中，需要翻越海拔四千二百米的折多山垭口。临近垭口，天阴暗下来，飘起了雪花。望着车窗外不远处冰雪覆盖的折多山峰，心头忽地涌起仓央嘉措最后留于世间的"白鹤理塘"。

跨鹤高飞意壮，云霄一羽雪皑皑。此行莫恨天涯远，咫尺理塘归去来。

过垭口，雪渐大。司机下车，熟练地给车轮缠上了铁链子。防滑。四周的能见度不甚乐观，依维柯缓缓地在风雪中匍匐前行。

赶在天黑前，我们终于到了稻城县。只是开饭时间我已食欲全无。躺在藏民集体宿舍似的大铺子上，我无奈地望着妹和妞她爹前去就餐的背影，一晃，消失在屋的转角处。

　　一整晚的休整后，第二天起床，人精神了不少。只是唇色浅着紫。我吸了随带的小氧罐也无济于事。索性，不再理会高反如何，跟着大伙儿前往亚丁村景区。

　　时值秋天，正是亚丁最美的季节。我只想说，但凡天堂里有的色彩，在此时的亚丁尽然。

　　置身在这"水蓝色星球上的最后一片净土"之中，任凭自己无以抗拒地沉沦、沉沦……

　　雪山，冰川，红草地，黄草坪，青稞，牛奶湖，五彩河……高原上最美的原生态，在这里一览无余。

　　眼前，仙乃日、央迈勇、夏诺多吉，亚丁的三座神山，拔地入云，耸立于天地之间。相传，公元 8 世纪，印度僧人莲花大士，为这三座雪山加持命名。因此，三峰地位尊崇。一生来此朝觐，是每个藏民的夙愿与心灵归宿。

　　妹指着我的唇，哭笑不得状。我知道，它泛着可怕的紫。用"身在地狱，眼在天堂"来形容神山脚下我的感受，是最妥帖不过了。

　　次日晨起，我和妞她爹，踱步在亚丁村旁的小巷子里。

　　当秋阳冉冉升起时，抬头，阳光普照在仙乃日山上，整座雪山闪着金耀耀的光芒。"日照金山"的壮观景象，就这样悄然呈现在我们的前方。

　　那一刻，我无以名状地倏然泪奔……

"我从四千七百下到四千二百，这会儿舒服多了。刚才最后五百米，我是坚持着，一步一喘，爬到上面的。这个五公里啊，确实是身在地狱，心在天堂。"此刻，手机里又传来了泓的留言。

　　好样的泓！

　　感慨之下，我想起了古人的一句话：师法自然。大自然的美，常常给予人类诸多启迪，乃至力量源泉。

　　星移斗转，四时更替，这是自然规律。红尘烟云，变幻万千，这是人间常态。然，心中矗立的那座神山，于我，终将穷其生，而永固不倒。

磻溪随笔

　　新年伊始，怀探究之情，我带着家人，拖着行李箱，走进心心念念的大理白族聚居地——磻溪。想要在苍山洱海间，一掀这"平分百二"古渔村的百年盖头。

　　旅居磻溪村，感受白族的风土人情，是一种幸福。

　　村民们的生活是慢节奏的，每天八点左右才陆陆续续出摊的早集市，可见一斑。连村里的鸡也随之慢节奏，早晨七点半后才打鸣。

　　在鸡叫声中骑着自行车，穿过弯弯曲曲的狭长巷子，到早集市买饵块和豆腐花，是一件开心的事。但五分钟的骑车路程不能风风火火地赶，否则摊还没摆开。

　　于是，一边慢悠悠骑车，一边欣赏巷子两边白墙照壁、飞檐翘角，以及精美的门楼，檐下的水墨彩绘、书法文字。白族民居保留完好的传统建筑特色，让我叹为观止。家家户户的门楼与外墙，犹如一幅幅精美的艺术品。其中就有磻溪村最古老的一幅照壁，传说中"平分百二"四个大字，赫然在目。相传明代状元杨慎途经磻溪，闻知把大理坝子一分为二的磻溪村中，有块神奇的分水巨头，正好处在上关与下关的中心点，考察后，他在这块奇石上，题写了"平分百二"几个字。从此，美丽的传说随碧水洱海流传至今。

饵块是当地的传统点心。外皮是用糯糯的米粉椿的，事先蒸好，然后在炭炉上翻烤，再按客人要求涂上辣或甜酱，裹上香肠、油条、鸡蛋、土豆丝、花生末等佐料，好吃又营养。捣碎的花生粒撒在热气腾腾的豆腐花里，加小葱，香气绕鼻，多巴胺瞬间上升。

村里还有两家早餐店有做喜洲粑粑的，但我一连两天在八点左右去买都无果，说我太早了，还没开始烤，须再过一个小时。

那不是早餐中餐连一起了吗。我纳闷。做饵块的摊主——一个村里的白族女人笑言，我们都起得晚，起太早没事干，还是多睡会。

我似乎有所领略，磻溪生活的慢节奏，从早餐开始。

伴着家人，住在村里的和庭客栈更是确幸。

和庭的男主人杨桐老先生，是土生土长的磻溪白族人。在我眼里，杨老师就是一本磻溪的活字典。今年七十七虚岁的老先生，早年在磻溪村教了二十几年的书，后来去了下关学校，之后一直在大理文教系统工作直至退休，叶落归根，携老伴回到磻溪建客栈，安度晚年。

和庭也是典型的白族民居。除了青瓦白墙、四角飞檐，照壁石雕，假山小鱼池、花花草草布满院落。正对大门，还有一幅"姜太公垂钓"的彩绘，醒目在二楼外墙。站在楼道上，就可看到五十米开外的洱海。推开房间后窗，便是云雾缭绕的苍山。

入村第一天，正赶上一户赵姓村民的新家上梁仪式。杨老师夫妇俩带着我们，应邀前往作客观礼。

大门口，松枝把上披红挂绿，充满喜庆。高翘的双飞檐，成叠的斗拱，照壁上精美的石雕等，在此处一览无遗。院落内，一群穿戴民族服饰的白族女子，在铺着红地毯的院落中，载歌载舞，以示庆祝。

鞭炮声中，绣花红帕包裹的大馒头以及糖果、红汁等，从三楼屋顶下抛。一众亲友兜着红花毛毯接喜果。欢笑声中，抢得红帕包者不亦乐乎。杨老师告诉我，这是白族的传统，上梁仪式中，这大红包就是大吉大利的象征。

接着，红红火火、热热闹闹的进屋酒，先由八位德高望重的老人"开席"，然后，唢呐鼓乐声中，亲朋好友纷纷入席，连邻居家的院落也摆满了小方桌。十二碗菜肴中，就有当地的"土八碗"：酥肉、乳扇、粉蒸肉、煮白扁豆、红肉炖、酸辣粉条、酸辣洱海鱼、杂碎汤等。席间，杨老师端来主人家自酿的白酒，为我们接风。

客人离席前，都把没吃完的菜肴打包带回。这是白族人的习俗，寓意把喜气和福气带回家。

一连喝了两天的进屋酒，白族的包谷酒一直醉到梦里。

磻溪村的女人们赶集买菜或出街购物，都喜欢用背篓。我没见过一个抱娃的女人，小娃娃随母亲出街，也都是站在母亲身后的背篓里的。早市上，五颜六色的背篓穿行在集市上，活脱脱一道烟火气里的靓丽风景线。

再去集市买菜时，我看到有个当地女人的紫色背篓不错，便上前打过招呼，然后笑着询问能不能把它卖给我。这个大嫂听了，告诉我说，背篓用了一个月，要的话原价给我。

随即，穿着紫色绣花筒裙，背着紫色背篓，转悠在菜摊前的我，也跟着成了这道风景里的人。

旅居磻溪的日子里，杨老先生常陪着我走街串巷，从南磻走到北磻，讲古建筑的来历，讲磻溪的昨天与今日。闲谈之间，说话慢悠悠，走路不带风，带着文人特有儒雅气的杨老师，三句不离磻溪故事。想来，如同根须深扎泥土，杨老师就像每一个生于此、长于此的磻溪人，对故土的眷恋之情，已深深烙在脑海里，融进血脉中。

在文教系统工作了大半辈子的杨老师，写得一手好字。无论是北磻的百年古阁"珠联阁"，还是村中古老的本主庙，抑或是民居"草堂"，都留有老先生的墨宝。临近春节，他又被大理几个金融单位邀去，为客户们现场书写春联。为社会需要而奉献余力，是这位磻溪文化人的心声。

苍山风一如既往地吹着磻溪这处古老而神奇的村落，在暖阳里，蓝天白云下的洱海，变幻着或蓝或绿的水色。守一方烟火家园，磻溪白族人在美丽而静谧的山水间，沿袭着祖辈平安而顺遂的生活。

新年的鞭炮声中，揽着穿上红彤彤白族绣花新袄的母亲，我和家人在和庭张灯结彩的院落里，一起感受着磻溪喜庆的春节气氛。不远处，一轮红日在微波粼粼的洱海上冉冉升起。

晨夕之江

1. 黄昏小吟

落日时分，在新安江边的民宿——"之江小筑"，我们娘俩选了一间带阁楼的小院木屋。

木屋有一对可爱的小狗夫妇守门，平时是少东家住的。暑假民宿旺季，少爷便把自己的窝挪了出来。老板娘指着屋里照片中开机车的儿子时，满眼都是柔爱的光在闪动。

小院位于依山傍水的下涯之江村。村落不大，却隔开了城市的喧嚣。院外穿过车路，便是新安绿道。沿江而建的绿道，一眼望不到头。夕阳的倒影在江面上浮动，雪青色芦草随风摇曳。"一道斜阳铺水中，半江瑟瑟半江红。"想必白居易就在如此情景下，唱和他的《暮江吟》吧。

站在江边吹风的娘，周身被夕阳镶了一圈金边。此时我眼里的娘，女神一般。

"小筑餐厅"离小院不远，走一小截村路，拐个弯就到，也是院主家开的，厨师手艺不错。来新安江不吃白虾不算到此一游。小筑餐厅的河鲜是渔民从江上大网捕的，数量不多。但对于咱娘俩来说，三两杨梅烧，佐以一碟白灼白虾、一条江鱼，已撑得胃鼓鼓的。难得陪娘出来度两天假，娘面前自然不提半字"忽略晚餐"。跟娘几番碰杯之下，桌上的杨梅烧，已一滴不剩。

喝尽兴的娘俩，手挽手，沿着长长的竹篱笆，慢慢踱回小院。淡淡的月光将一双挨着的影子拉得又细又长。夜色中，几盏渔火在不眠的江面上跳跃着。今夜的风，若有若无，无妨。

2. 江晨小景

清晨，着一袭雪白汉服，我轻轻推开木屋门，见带着拍摄家什的老王，已准时在小院草坪上等着了，同时候着的还有小院的狗爸爸"逗逗"。

车门一开，"逗逗"抢在老王前头，一声不吭，嘶溜一下跳上了车，乖乖地蹲在后座地垫上，抬眼看着刚上车的主人。老王笑着说，每次去河边拍片，它都非跟去不可。

事先从老王嘴里得知，这个夏天没下过雨。两个月来，往年这个季节闻名遐迩的新安江奇雾，便也没了踪影。

新安江犹如一位身姿呈 S 状的仙子，静卧在一带葱葱郁郁的山峦下。而之江村就在新安江之字形的大弯处，故而名之。起江雾时，一层乳白色的轻纱氤氲在江面，美轮美奂。每当云雾与之相融时，山水朦胧间，村落与田野、山峦与树林，便若隐若现，如梦似幻，真切切一个人间仙境。

据老王介绍，如此奇雾缘由，乃江水出自新安江坝底七十米深处，常年水温在12—17度间，江水与空气产生温差，就形成了江雾。但像这个夏季如此长时间高温无雨，导致江雾消失，也是少见的。老王说着，眼里流露出一丝遗憾。

说话间，我们已来到了江边。但见，青山前，一叶乌篷船浮在碧绿的江面，穿着蓑衣的老伯立在船尾。几只白鹭踮着细长的脚，在浅水处歇息觅食。清脆的鸟叫声不时从四周的绿荫中传来。太阳还没有露脸，几朵淡淡的白云，飘浮在澄澈的天空。眼前，一幅天地间的水墨画油然呈现。

船家刚把乌篷船停靠在岸边，"逗逗"一下便上了船，毫不客气地趴在了船头。老王说，那是它的专座。想来，生活在美景周围，连小动物也自带幸福感。

"逗逗，分我一点地盘，我跳舞给你看呦！"脱了鞋子，光着脚的我，坐在船头跟小狗逗乐。

船家缓缓地摇着橹，乌篷船在平镜似的江面上悠悠荡漾。脚底发痒的我，忍不住在船头轻绕纱袖，舞动起来。恍惚间，我感觉自己就是一只自在的白鹭，在这如画的山水间，翩跹飞舞。

舞累了，伏下身子，我用手拨开碧玉似的水面。一股清凉顺着手指爬了上来，而后沁入心扉，漫过整个身体，顿觉心旷神怡。

此时此刻，不由感叹，生命源于自然，当心身回归自然，歇息于灵动的山水间，生命便也得到最好的滋养与疗愈。

山水皆道场。这里，不就是一个舞者梦寐以求的天赐舞房吗？

太阳出来了。万道光芒将江面熏染成一片灿烂。微风吹过，满江波光凌动，碎金闪烁。之江村的美丽，无时不在。

　　岸上，老王手持相机，也在不停地忙碌着。这位之江村的书记，建德摄协的副主席，曾说过一句话，"我把一年四季的爱，都给了建德的乡村。"

　　是啊，守一方美丽家园，有自己钟爱的一份事业抑或兴趣，这大抵是尘世间最美的生活写照吧。

嵊山岛的"绿野仙踪"

　　我驻足在一大片枸杞树丛前时，无人村的游客陆陆续续从身边经过。淡紫色的枸杞花，星星点点地绽放在碧绿的叶子间，婀娜而淡雅。

　　周围，粉色的打碗花、玫红蓝紫的草茉莉，以及小稚菊，肆意地开满了路边的小山坡，在茅草间随风摇曳。灌木丛里的雀鸟们，不时被游客的脚步声惊飞起来。

　　时值清秋，高低错落、鳞次栉比的荒芜楼群，已脱落春夏时节那层层叠叠被绿植包裹的鲜绿外衣，只剩苟延残喘的秋叶，依附着筋脉裸露的藤蔓，攀爬在一幢幢废弃的小洋楼屋面上。

　　长长的石砌小道，自高而下，蜿蜒起伏在村落中，直达海岸。

　　这个无人村地处嵊泗嵊山岛，原叫后头湾村。村口斑驳的墙上，挂着旧村名的木牌，如同挂着一抹岁月的沧桑与沉寂。

　　20 世纪 90 年代前，这里曾是一个烟火缭绕的渔村。村里居住着三千多住户。村民靠海吃海，以打渔为生，是岛上最富裕的村落。

后来，越来越多的村民或出外营生，或因为交通问题而搬到岛上的西部村庄，再加上九几年，后头湾前前后后，蹊跷发生过几十人突发病故的事件，之后村里的住户便陆陆续续都搬空了。到 2002 年成了一个真正的无人村，任绿蔓缓慢地爬满安静的墙壁和屋顶，犹如童话中的绿野仙踪。

直到十多年后，偶然闯入无人村的驴友，被这座湮没在绿植中，开满各色野花、伴山傍海的世外幽静之地所震撼。照片传到网上后，一时惊艳坊间，成为众人纷沓而至的嵊泗网红打卡地。昔日荒凉的无人村，华丽丽变身为门票六十元的旅游热地。

起风了，附近嵊山码头的避风港上歇满了大大小小的渔船。躲避风浪的海鸟们也不时出没在海岸的岩石和沙滩上。只有猎奇的游客们无畏无惧，顶着 7 级海风，热情不减地奔走在无人村等嵊山岛景点。

风越刮越厉，汹涌的海水卷着白浪拍打着岩石，发出隆隆轰响，似在警示游客们止步而返。我的长发早被吹飞成凌乱的极致，双手却不由自主地交叉在头顶，翩然舞动起来。

"我想，依附着你的翅膀，穿过飓风，飞回八百年前的沧海。"返回避风港前的"等风来"民宿，站在一览无余的巨幅落地窗前，尚未安分的心在悄然码字了。

窗外不远处的海湾上，星星点点的贻贝养殖基地附近，回港避风的渔船一字排开，越聚越多。

今夜的嵊泗渔火，是否会在我的酣梦里闪烁？念头跳将出来时，多萝西展着天真的微笑站在不远处。

红朱柿

西山头，天台雷峰乡一个偏僻的小山村。自从 2021 年苏台高速台州段通车后，越来越多的游客走进大山深处，猎足这个早先不为外人所知的世外桃源，感受山民简单而纯朴的生活。

金秋十月，因为漫山遍野挂满枝头的红金柿，西山村更成了一道游人纷至沓来的网红打卡地。

若有若无的秋雨中，驱车行驶在大雷山麓通往西山头蜿蜒的盘山公路上，但见四周群山环绕，层峦叠嶂。银杏泛黄，翠竹幽然，红枫参差之间，山雾缭绕其上。我与同伴数度靠边停车下来，欣赏这让人沉醉不已的山野景致。

这个名副其实长在山头的村庄，雾霭霞蒸处，恍若与天连接。青砖、灰瓦的村舍，沿山势而建，层层叠叠，错落有致。日出而作，日落而息，坐拥大自然馈赠仙境的西山头一百多户村民，在此过着质朴而平静的生活。

此地的红朱柿种植由来已久。靠山吃山，早在清朝年间，山民们就根据这里的沙性土质开始种植柿子。目前全村红金柿的种植面积已达两千多亩，超过百年树龄的老柿树有二百多株。

村民们大多采用"茶柿混交"的种植模式。居当地村民介绍，茶柿套种可以减少虫害，提高种植单位面积的产出。

柿子成熟的秋日，枝头红艳艳的灯盏与下面翠韵流转的茶树相映成趣，靓丽的风景线成为西山头的一张活名片。

眼下，家家户户的廊下，收获的柿子或竹匾晾晒，或成串成条悬挂，红红火火的丰收气息洋溢在整个村落。

一位名叫王银香的八十岁老婆婆，热情地邀我们到她家的新楼上看风景，她一边用手比划，一边用天台方言连声说着"不用钱！不用钱！"

老人家陪着我们，站在四楼的大露台上往外看，来不及收获的柿树上还有不少柿果垂挂在枝头，树下被雨滴浸染过的茶树泛着鲜绿，大片的菜地满目翠色。远处的山雾还未散却，如仙姑的裙裾飘摇在群峰之间。她指着右手边云雾绰约处最高的山峰告诉我们，那就是大雷山，是天台、临海、仙居三地界山。

一头银白如霜的发，一张刻着岁月痕迹的脸，一双黝黑粗糙的手，老人让我想起罗中立那张《母亲》的油画。

老人告诉我，她有四个儿子二个女儿，都在县城里工作，过年过节的时候，他们就都会一起回来。

老伴呢？我好奇地问。

在家呢，这会儿还在睡觉，老头身体比较弱，让他多睡一会。提起老伴，我捕捉到老人眼里柔和的光。

他在重庆的部队里当了十五年的兵，退伍回来后在县里的供销社工作，一直到退休，我们钱用不完的，呵呵。老人甜蜜的笑脸像极了一朵灿烂的菊花。

临走前，我买了老人摊在门口桌上准备出售的一些毛栗和柿子干。老人开心得像个孩子似的。她一下想起了什么，说让我等等，转身从抽屉里取出一张纸一支笔，然后低头趴在桌上写下了"王银香"三个字，然后给我看。

"通往家的山坡上，有几颗柿子树。母亲一眼一眼地望，望红了。"我要过老人的笔，在"王银香"的名字下写下了几行字。

我想：人们在日子里苦苦寻觅的幸福，不就在此刻老人的笑容里，在这屋檐下高挂的串串红柿里呀！

临海掠影

（一）巾山

站在古塔前，仿佛有一种穿越感，千年时光，触手可及。

你来了，
我已等千年。

我来了，
从千年之外。

心与古塔对话的那刻，初春的风已穿过紫阳街的弄堂，上了巾山。未及唤醒冬眠的古樟，太阳已然升高。

阳光照在斑驳的古塔上，是谁说过，人生若只如初见。

巾山由趣故而名。相传道人华胥子得道成仙，霞举飞升时，坠巾帻而化此山。

巾山又因四塔同山，而称稀罕。

始建于唐五代的文峰双塔，分立于东西双峰，彼此凝望，相守千年。我以为，天地间最美的承诺，诠释如此。

所谓文峰塔，据《台州府志》所载，是因巾山两峰，系临台风水钟聚之地，而峰上建塔，故"台多父子兄弟连登甲第者"。

且不说风水论乃民间戏传，"父子四进士，一门三巡抚"，紫阳街十伞巷里的故事，源远流长；屈指而数，谢灵运、骆宾王、朱熹、王士性等，一代文宗，皆为临海千年文脉之英杰……

而今，巾山与文峰双塔，已然为过往游人心目中的临海标志。

除了文峰双塔，巾山上，另有古塔成双于西麓。

山腰处的南山殿塔，建于明代，是为祭祀唐代名将张巡而建。它虽非佛塔，却于战乱中承载过明代百姓，那祈求太平的沉甸甸的热望。

佛塔，以其古老与特色为四塔之最。一砖一佛，千佛成塔，更成为浙江仅存的两座元塔之一。

巾山塔群，遗世孤高，虽无关风月，却也在如烟的千年岁月里，任凭瘦的诗人，浪的墨客，纷沓而至，而风月诗行。

"两峰争起入云层，半属虚空半属僧。"此刻，初春的气息里，且让瑰宝摄心。

（二）紫阳街的"秘密花园"

"拱形的天空看上去很高，在那晶莹透明的蓝色的映衬下，小云块像鸟儿张开翅膀在飞翔。"

这是英裔美国女作家弗朗西斯，在《秘密花园》一书中的一段美丽的描写。

大年初一正午，天空飘过几滴雨，空气是湿润的，心亦是湿润的。走近千年府城紫阳街，踱进古老的十伞巷，我推开了另一处"秘密花园"的铁栅栏。

这是一栋建于民国时期的老宅。数年前，一个名叫云朵的女人发现了它。据云朵回忆，当时，大门紧锁，院子杂草丛生，主体建筑破烂不堪。然而，它就像一块吸铁石，紧紧地吸引住了伫立在门口的云朵。

投资失败、爱情破碎、亲人决裂，生活正值至暗时刻的女人，却对它一见钟情。

此刻，正给院子里花花草草喂水的云朵，不紧不慢、气定神闲地给我讲着她的"秘密花园"的故事。

打造民宿，用了整整一年的修缮时间。女人没有请设计师，从建筑到装修到软装，都是她自己在现场定框架，定尺寸，定色调。从嵌入墙角带福字的一块老砖，老宅子拆下的木头打成木柜，到废旧楼梯做成长桌，青石叠出茶室背景……一件件，一处处，都是女人真情和热爱的见证。

在绿格子门框，透着清秀的小餐厅，墙上挂着一片上裱的石雕，上面有一株梅枝朵然的老桩。

听云朵说，那是当初修缮时，她无意间在院里一处废弃的水槽里发现的。当时上面覆着一层薄薄的水泥，仅露出梅枝一角。云朵用小铲刀，一点一点小心翼翼地刮掉水泥，一幅精致的梅树石雕呈现眼前。

"那刻，我比中了万元奖还开心呢！"聊到兴奋处，云朵的双颊飞起了红晕。

女人爱读弗朗西斯的《秘密花园》，于是，她把民宿也取名为"云朵姐姐的秘密花园"。

一年后，"云朵姐姐的秘密花园"，成为了临海网红民宿打卡地。

一年后，云朵姐姐收获了属于她的新的爱情。

正月初一的傍晚，当紫阳街宫灯璀璨时，云朵邀我们一起在花园共进晚餐，欢度新年。

餐桌上，葱油多宝鱼、脆皮鸡、鱿鱼小炒、酱爆香菇青菜……尽享口福的我，直夸云朵男朋友厨艺了得。暖橘的灯下，白衬衣的男人憨憨地笑着，给云朵夹了一块鱼肉。

"与其说是我重修了这栋老宅，更确切地说是这栋老宅，它拯救了我，是它从我生命的裂缝里照进了亮光，是它让我重拾信心，是它让我重获新生，是它让我感知生命的珍贵。"

是夜，紫阳街深处，"云朵姐姐的秘密花园"里，诗一般的感慨回旋着。

那村，那人

有人告诉我，很多地方，很多人，一辈子只能遇见一次，擦肩而过就是杳然一生。

此刻，窗外夜雨淅沥，檐滴走心。我告诉自己，那个离天堂最近、而坠落凡尘的仙境，那个浑身英气、而眼眸里闪着希望之光的藏族小伙，于我，将会不仅止于初见。

那村，叫索松。

这是个西藏林芝境内游客比较少去的小村落，位于雅鲁藏布大峡谷内。

清明，是去郊外踏青的时节。而我这个浙东女人，却一脚踏到"塞外小江南"——林芝的索松村来了。

如果说，暮春时节的林芝，是令人沉醉的人间天堂，那么，索松便收录了这天堂里最美的景致。这里还是观看"中国十大名山"之首的南迦巴瓦全貌的最佳之地。

站在索松村的山崖上，脚下是雅鲁藏布大峡谷，夹岸高山雄峰危峙，鬼斧神工，谷底激流猛浪若奔，龙吟虎啸；抬头是南迦巴瓦雪山，云雾缭绕而雄伟壮观；身后是藏式村舍民居，散落在绚烂的桃树间，如梦似幻。

此时，雅鲁藏布江边一片片的桃树已然盛开，雪山映照下，漫山遍野、屋前村后，绽放的桃花如大海波涛般，一浪又一浪，气势磅礴。

索松村的桃树，几乎都是上了年龄、甚至已是千年的野生桃树，树根粗壮，树高花繁，极富灵气。如果说江南的湖畔岸桃娇嫩如小家碧玉，那么雅鲁藏布江边的桃树，恰似带着一抹醉人高原红的藏族姑娘，散发着健康而略带野性的勃然的生命力，在那样艰难的生存环境下，张扬着昂然的姿态。有的根如虬爪在石罅间怒张，有的枝若枯藤斑驳陆离，但仍满树繁花、恣意开放，以怒放的生命姿态虔诚地膜拜在雪山之神的膝下。

是呀，在索松村民的心里，南迦巴瓦就是守护着他们世世代代安宁的神圣之山啊！

在这仙境一般的所在，在这天神共融的庄严里，哪怕是来自小桥流水的婉约江南的女子，也会油然着一袭印满格桑花的藏袍，依偎在千年古桃的倔强和灿烂里，化作索松最美的春意……

那人，叫洛桑。

这是个土生土长的 90 后索松村藏民。

见到洛桑时，他正站在桃林的山崖边。

伟岸的身躯，坚毅的神态，猩红的藏袍，黑亮的靴子，左脚弓步雄居在嶙峋的山岩上，右手按在腰间的藏刀上，目光远眺，神情肃穆。仿佛蹲守在崖顶蓄势待的雄鹰，又似一尊凝固的雕像，抑或就是山巅的一棵历经风雨沧桑的千年野桃树，或者本来更像一块突兀于冰川的亘古顽石，透着"山高我为峰"的自信、沉静、执着、刚毅。他的身后，触手可及的南迦巴瓦，以简洁流畅的山脊线条、晶莹剔透的壁立背景，衬出这藏族小伙的特有气质。

眼前的这一切，分明是一幅大师笔下灵动的画面，镶嵌在天地画框之中，天、地、人浑成一体。

洛桑能说一口较为流利的汉语。他说，那是在大理野战部队当了两年义务兵的成果。

"当时去部队时，原是希望当一名边关战士，握着枪守边哨，多带劲啊。"他呵呵笑着，露出一口雪白的牙。

小伙子与我坐在桃林里自家的麦田边，接着唠嗑。

复员回到家乡后，洛桑承包了村里的三十亩田地，小麦、青稞、菜籽油，轮番年种。他去年收了青稞后，今年便种了小麦。

"现在，来索松的游客多起来了，带动了村里的旅游经济。只是，我们地里的粮食也受到了影响，因为有些游客，会进到我们种着庄稼的地里拍照，不管不顾地在地里到处跑。你看，今年我们在这桃树周围种的麦苗，估计只能有百分之四十的收成了。"洛桑的眼里，飘过一丝遗憾。

"对我们来说，粮食是最重要的。每年，我都会在家里囤上好些。因为，一旦国家召唤，我便会即刻重返部队，保家卫国，是男人的责任。给家里准备了足够的粮食，我到哪儿都会安心了呢，呵呵。"

眼望着雪山的洛桑，喃喃地说着。他的话音轻轻的，但却像锤击般，震荡着我的心口。这就是一个藏区普通小伙最美的心声，最真的承诺啊！

洛桑打开手机，给我翻看着里面的照片。

"这是我儿子，一岁多了呢！"

照片上，洛桑怀里抱着胖娃。娃笑着，年轻的爹爹也笑着。男人那眼里溢满的慈爱，暖暖地撒在胖娃的身上。原来，很 man 的男人，这抱娃的姿势，也可以这样迷人的呀。

太阳终于冲破云层，把温柔的阳光，照射在苍劲的雪山上，照射在这桃花村落的盛世美颜上，照射在麦田边黝黑而发亮的索松小伙的脸上。

"藏族人没有姓，我叫洛桑！"

风过处，袅袅余音，回荡在索松村的满树繁花间，回荡在雅鲁藏布峡谷里……

风来半山

　　天台大雷山脚下，有村名"里良"，依山傍溪而建。村里有发呆谷，谷里有"风来半山"民宿。

　　有人说，发呆的雅名就是"冥想"。冥，带有冥灭、停止的意思；想，则是指念头、想法。"冥想"一词是泊来品，英文里是禅修的意思，常指瑜伽者通过冥想来制服心灵。那些瑜伽师认为，人类通常受到物质自然界善良、激情、愚昧无知的羁绊，只有从这三种状态中超脱出来，人的心灵才能与物质欲望分离，从而获取真正的自由。而"发呆"则是地道、通俗的国语，指大脑对其他事情无反应、处于一片空白的状态。心理科专家认为，偶尔让身体进入发呆的状态，能带来诸如缓解压力、集中精力、促进血液循环、增强记忆力等诸多好处。由此看来，发呆与冥想如出一辙，有异曲同工之妙。显而易见，取名发呆谷的初愿便是让人至此以放松与自愈为念。

　　受此诱惑，第一次来里良发呆谷，是在夏末的处暑。

　　彼时，田里的稻子抽穗了，一眼望去，勃发的生机演绎在青青黄黄间，一处接一处，在我眼里，俨然是天地间最具生命力的呐喊。

远离城市的喧嚣，我大口大口呼吸着山区纯净的空气，任夕阳在空旷的山谷后沉落，任山风在安宁的村落里游荡，任狗子在炊烟袅袅的农舍前吠嚣。

村口一颗硕大的槐树旁，几行木心的诗句，用楷体大黑字爬满了一整面粉白的墙。

从前的日色
变得慢
车，马，邮件
都慢
一生只够
爱一个人

于是，陈旧的老屋，斑驳的墙面，纺棕丝的老人，成了诗意里妥妥的写照；于是，一壶老茶叶的情怀，在里良"风来半山"民宿的时光里，成了发酵慢生活的酵母粉。吹吹山风，过几日栖息山野、归隐田园的生活，大抵是每个久居钢筋水泥楼的城市人共同的向往吧。

门头上覆盖着棕榈子，檐下用篆体写着"风来半山"四个字的民宿，名副其实坐落在半山腰，与山为伴。"风来"，让人联想到宋代邵雍的诗："月到天心处，风来水面时。"面对一个诗意流淌的名字，不由人浮想联翩，欢喜心跃然。

推开木门，是一个户外花园，边上有一池清水，池中有石盘相连，水里游着几尾红金鱼。鱼尾摆动间，便觉池水有了生气。青绿色的草地不大，中间一溜石蹬。草地上还有一面大石磨，上面摆满了盆盆罐罐各式各样的多肉植物，活生生吸眼球的劳什子。

前台小姐姐告诉我，民宿主人姓陈，是培训机构的老师，平时民宿的一切都交由店长打理，但他隔三岔五也会经常跑来住上个一晚两晚，又匆匆离去。据说，陈老师特别爱花，他在民宿周边种了许多花树。这个季节，院前院后开满了大朵大朵蓝色的绣球，橙红色的凌霄爬满了矮矮的土墙，就连挨着民宿的后山小道两旁，除了绣球，粉的、红的月季也一路攀缘。此地总共有十万多株月季，两万多株海棠，小姐姐接着介绍说，村尾山脚那儿还种了二百亩樱花林。刹那间，我想象着春天樱花开放时的胜景。想来，这个爱种花的男人一定有一颗热爱生活的心，以及细腻而浪漫的情怀。

前台一楼是公共休憩场所，集书吧、茶吧于一处。两个墙面上都安置了容量不小的木结构书柜。午后，在书架上取一本心仪的书，不急不躁地翻看。这时，笑颜可掬的管家端上一杯天台特有的云雾茶，茶香中，指尖划过书页，时光就在品茗阅读中慢了下来。

你也可以拿上一个布袋去山里采多肉。岩壁上、杂草间长了许多野生多肉。粉色的、浅绿的、紫色的、褐色的，在山谷里随意生长的它们，焕发着属于它们的生命活力。村里人说，带回去只要给点泥土，它们就马上成活了。看来，脆弱的人类与这些野外山植的生命力相比，可谓是望尘莫及了。

你也可以什么都不做，什么都不想，在屋外遮阳伞下的躺椅上听着各种山雀声发呆，待到日落西山，待到暮色四合，待到有人来呼你喝鸡汤。

那会儿，民宿自己没有厨师。除了早餐，客人若要用餐的话，需要提前告知，由村里的一位农家阿婆做好了让人送过来，或是前台小姐姐拿了木托盘去端来。阿婆家离民宿不远，步行五六分钟的距离。我好奇地去阿婆的厨房瞅过，阿婆手脚麻利地在大灶上做菜，灶肚的柴火旺得热烈。虽然价格有些小贵，但说实话，阿婆做的土菜是真的好吃。好吃的菜就是材质新鲜，火候拿捏得恰当，就像这原汁原味的鸡汤，里面除了盐，没有其他配料，可那个鲜啊，在城里是很难吃到的。你想，成天钻在山窝窝里啄虫啄花啄菜叶的散放鸡，还有农家菜园里刚掐的菜，加上阿婆的厨艺，炖出来的汤肉，炒出来的菜蔬，能不香、不鲜吗？

掩藏在山腰绿荫间的民宿客房有二层，每个房间的名字让人一听就爱恋上。诸如"天心处""青崖间""竹篱里"等富含诗情画意的，也有以花命名的，如"樱""棠""月季红了"等。一尘不染的木地板、古风卷轴画、长条木茶几、黑胡桃床椅，房间里的陈设能让一颗烦躁的心瞬间沉静下来。

夜晚，村里没有路灯，外面黑黢黢的。狗儿、猫儿、鸟儿也都没了声息。把房间灯关了，开一扇木格子窗，侧身倚在床上，凭借星光，依稀可以望见窗外的黛山墨竹。侧耳细听，蝈蝈声、虫吟声、树叶摩擦声声声入耳，催人入眠。梦里，风徐徐吹来。

隔年秋天，我再次来到发呆谷，坐在里良的稻田间。确切地说，是坐在成行成排的稻草扎间——这里，刚刚收割过。

四周，仿佛还飘荡着田头喜悦的笑声。衔一根长长的稻草，我靠着稻草堆，任秋日的暖阳，将周身包裹；任稻草垛的清香，在鼻息间浮动；任银杏树的艳黄，在眼帘前飘舞成诗行。

"喝鸡汤了！"

那人站在山腰朝我喊。他的身后，枫叶火红，风来了。

第五辑

烟火清欢

山居杂记

（一）

趁着假日，我跑回离城十余公里的余园，过起"采菊东篱下，悠然见南山"的田居日子。

傍着茶园的山居小院，是小宝爷奶退休后筑庐故土的乐园，也成了家人们闲时的休养生息之处。

眼下，园子里的生菜、韭菜、菠菜、马兰头、莴苣等蔬菜，鲜绿鲜绿着。春未央，而绿蔬们已被收割过好几茬。

"再过两月，就可吃蚕豆喽！"看着粉白带紫斑的蚕豆花，不时摇曳在仲春的微风里，刚剪回一篮马兰头的奶奶，满脸喜悦地对我说。

当了一辈子小学班主任的小宝奶奶，是土生土长的兰亭人，聊起田里的蔬菜植物犹如熟读兵书。譬如提到蚕豆，她会告诉小的们，那是当年张骞出使西域带回的种子，所以也叫胡豆；产蚕的时候豆子也成熟可摘了，故名蚕豆。

前院墙角与后屋水缸旁的格公格婆开花了，奶奶又会告诉我们，这其实是两种有区别的格公。墙角的叫茅莓，浆果酸酸甜甜，颗粒大，而水缸旁的覆盆子则偏甜，相比个儿也小，它们都茎上带刺，颜色鲜红，有清热解毒、益肾明目的药用价值。末了，奶奶眯起眼，深有感触地说，这酸酸甜甜的野果子，可是我们小时候农家孩子最爱的零嘴和水果哦！

那是！"色味都比桑葚好得远"，否则大文豪鲁迅怎会如此抬举格公格婆们呢。当过兰亭中心学校校长的余爷爷，不失时机地附和着奶奶。

感叹声里，我的眼前浮现出去年初夏的一幕：堂前木条桌上，一海碗红艳艳的格公格婆醒目着，似乎在笑吟吟地招揽小的们。屋檐下，小宝坐在爷爷腿上，一边往嘴里塞小小的红果子，一边跟爷爷用绍兴方言高声唱和着童谣：格公格婆，摘颗吃颗……

趁着春雨似油，勤快的爷爷已搭好了四季豆棚。很快，下的种子便会发芽、长苗、伸蔓、开花结荚。风暖，雨润，种什么，长什么。这不，爷爷在年底种的土豆已破土窜苗尺余了。家人都喜欢吃爷爷种的土豆，个小皮薄，搁在饭锅里蒸熟后，剥了皮，一口一个，那个鲜糯呀……

余园门口便是茶园。早春三月的花坞茶谷，"只此青绿"，诗意盎然。

回余园的当日，正赶上新茶开摘。一翻日历，明日春分。果然，又到了一年一度的采茶季。晨岚中采茶女忙碌的身影，又将是余园前一道靓丽的风景线。

春分日一早醒来，天已大亮。我一骨碌起来穿衣时，听着院子里的一两只小鸟才开始叽喳。许是远离尘嚣，这儿的鸟们也属佛系一族吧。心下不免暗自揣摩。

附近村里的鸡鸣声此起彼伏着。穿戴利索完毕，腰间系上小宝爷爷给我准备的竹篓，推门，戴上斗笠，迎着时有时无、漫不经心的山雨，踏上茶园小道，奔向绿波深处的采茶队伍。

挨着一处花事正盛的桃花林，是另一片浩大的茶园，背后起伏的山峦笼罩在青烟似的薄雾中。远远望去，茶园里五颜六色的斗笠晃动着，就像绿海中的点点风帆。等我的红格斗笠融入其间，双手上下飞舞在茶树上时，才恍然，刚才看景的人这会儿也成了风景。

细雨越来越密，看样子一时半刻是停不了的。昨晚查看天气预报，春分伊始，"桃花汛"如约而至。岁月飞度，尘世间人事变幻无常，而四季交替中的节气规律，却恒古不变。我抬头环顾四周，兜着竹篓的茶姑们，丝毫没有准备撤离的动静。是啊，采茶的时节非常重要，茶农们要赶在清明前采集沾有晨露的嫩芽呀！

辛苦了！奶奶笑靥如花地接过茶篓，里面是我一上午的"战利品"，它们嫩绿的脸挤在竹篓里，散发着春的气息。说话间，奶奶已从冰柜中取出茶叶盒，把去年两老亲手采摘、炒制的绿茶泡好了。瞬间，"水烧深处凝碧烟"，满屋茶香氤氲流转。抿一口，甘醇于唇齿间缠绵。徐徐入喉，渐觉累意消却，神清气爽起来。

午后，老两口在厨房架起大铁锅，开始准备炒茶。我不解地问：这么一点茶叶干嘛用大锅炒啊？爷爷笑着说，大锅受热面积大，翻炒时，茶叶在锅里就不会堆积在一起，这样便于掌握火候，炒出好茶。看着他们把铁锅加热后，倒入茶叶，用小火慢炒起来。爷奶俩轮流上阵，用手在锅里来回快速翻动茶叶。半个时辰后，厨房内开始飘起了浓郁的茶香。

好香啊！我使劲呼吸着，想把这诱人的茶香全数纳入体内，浸染五脏六肺。两老看我这贪婪的鬼样，开心地笑了。继续如此翻炒半个多小时后，我凑过去看，锅里的茶叶已卷曲成暗黑色，爷爷一声呐喊："起锅！"余园的茶叶炒制活动宣告完毕。

忙完菜地活的爷爷，又在后院整那一屋子收集的农具了。这些农耕用具可是爷爷的爱物。从木犁到农具八件套，从风车到打谷机、风米机、鼓风机，从蓑衣、簸箕到石磨、猪食槽……每每看得我是眼花缭乱、意犹未尽。爷爷说，有生之年，他要编一本《江南传统农耕用具手册》，以了夙愿。是啊，这挥之不去的乡土情结，早已烙在生于斯、长于斯、归于斯的人们的血脉里，而生生不息呀！如同小宝的爷爷奶奶，如同无数个心系故土的思乡人。

山风微微吹动着木窗后的布帘，窗外，我种下的紫玫瑰小桩，已然抽出了鲜绿的新叶，在春雨中轻轻摇动，心头不由得跟着升腾起一缕新绿。

抬头，屋檐下的燕巢悄然静候旧主。快了快了，待到春暖花开，你们也该回家了！眺望远处，我喃喃自语着。

（二）

已是暮春。近来天气晴好，我逗留官庄山居的日子，也较平时多了些。

山居地处兰亭森林公园，开门便见花坞茶谷。

茶园晨跑，是名副其实的有氧运动。一眼望不见头的茶园，由乡间小道一分为二。说是小道，其实不窄，水泥铺就，两轿车交会不成问题。很多时候，除了茶姑们的电瓶车，道上鲜有车辆出没。采茶时节，在此慢跑，可谓赏心悦目。两旁大片大片的青绿，起伏如波，其间点缀着茶姑们五颜六色的斗笠，煞是好看。记得首摘新茶的春分日，融入风景的我，还因此而诗心泛滥：

> 顶起红格子斗笠
> 我走进花坞走进茶谷最美的一季
> 看啊这白昼与黑夜均衡的日子
> 春的呼吸起伏绿波
> 斗笠五彩点点船帆漂移
>
> 是蜻蜓点水
> 是飞蝶穿嬉
> 采茶舞曲演绎花坞
>
> 兜起嫩芽兜起喜悦
> 山居炊烟升腾周公笑颜

挨着茶园，是一处桃林。桃花盛时，草地绿茵似毯，桃树下群鹅欢叫。桃红，雪白，碧绿，衬着青山，衬着蓝天，这偌大的画儿，谁见了谁爱。

眼前，花事消退，一树树的翠绿间，毛茸茸的青色小果球，已然挂枝。树下，白鹅依旧，嬉戏在属于它们的天堂里。

周边的篱笆上，多了些红彤彤的野果，像小灯笼似的挂在蓬蓬的绿植间。奶奶说，它们叫蓬虆，跟覆盆子很像，都开白色的花，只不过蓬虆5、6月份就结果了，而覆盆子要到8、9月份才成熟。乡里都叫它们"葛公、葛婆"。奶奶摘了满满一海碗，回家拿盐水浸泡了一会儿。奶奶说，果实是空心的，里面会有小虫子或蚂蚁。待洗净后，我抓起一颗咬在嘴里，一股酸酸甜甜的汁满齿生香。

布谷，布谷，一声，两声，不远处的绿丛里，子规鸟慢悠悠地啼叫着。抬头，棉花糖似的云朵，飘在茶园上空。一切，令人心旷神怡。

午间在山居喝了两盅酒，一睡睡到燕子回窝太阳落山。睡眼惺忪地下楼，发现爷爷已把我从大理带回的多肉种，一一栽在了大大小小的盆里。这些种，是大理作协的杨克旺老师在磻溪和庭替我掰的。和庭主人杨老先生说，只要一年时间，它们就会很茂盛。记得那晚，我与两位杨老师在和庭的茶房聊书、聊书法，又聊大理的多肉，一直聊到半夜。回客房休息时，一抬头，满天耀眼的星，像极了小时候的夜空。

这会儿，马上把盆栽照片发给小杨老师看，回说，种反了，

"黑发丝"要种在大盆里，它会越长越大。

转身刚想跟找爷爷商量，把"黑发丝"种在石臼里，小杨老师又在微信上留言了，它们耐热耐旱，但怕寒，冬季要保护好，搬回屋里。好吧，石臼不容搬动，只能大盆合适。

看来，种花草还是需要费心力的。还好家里有爷爷这个勤快的家长在，前院后园的花花草草、果树菜棚，才得以生机勃勃。桃子结果了，葡萄架上也开始孕期，只是樱桃果子都让鸟们偷啄了。四季豆苗已长半棚高，生菜、马兰头、韭菜、灰灰菜绿了半院子。回到山居，就有吃不完的新鲜蔬菜。

厨房里，爷爷奶奶在忙着炒茶叶。只见爷爷戴着纱线手套，从上往下，按着顺时针方向，不停地用手在大铁锅里快速翻炒。然后，奶奶把炒过的茶叶在竹匾上摊均匀了，搁一旁晾晒，待降温后再回锅翻炒。如此重复数次后，爷爷关了火，用铁锅的余温把茶叶烘干。最后，再由奶奶把它们晾晒在屋内的阴凉处。两周后，我们又可以喝爷奶做的新茶了。

夜晚，落小雨了，与二楼齐高的芭蕉叶上，轻柔地滴嗒着。搬张竹椅坐在屋檐下，风过处，院里年蓬、月季、玫瑰、蔷薇，花儿们的香气不时袭来。

没有月色，没有星光，这样的夜，依然让人有不眠的理由。尽管卧室挂着夏布帐的老床，予我是一粒强效的安眠药。

燕窝里的小东西已停止了呢喃，小池边的蛙还在呱呱。墙外山背后，夜莺在哒哒地鸣叫，此起彼伏，像极了枪声。

夜深了，山雨还在有一下没一下地滴嗒。抬头，月亮居然出来了，明晃晃的圆。

（三）

时隔数日回到山居，离开时才齐腰高的四季豆棚，绿叶紫花间已挂满一串串的四季豆了。院里开黄花的是青瓜，开小红花的是石榴，还有硕大的红玫瑰，前院的花事毫不遮掩。

枝上的水蜜桃又大了许多。要把它们一个个在上面保护起来了，可惜前几天风大，都掉了好几个。爷爷不无惋惜地补充说，这是"兰亭水蜜桃种"呢！兰亭水蜜桃因芳香浓郁、皮薄汁多、肉细味甜而在绍兴家喻户晓、享有盛誉，这会儿听爷爷一说，我悄悄咽了两下口水。

葡萄架上的葡萄串可惜又有了明显的鸟眼病。去年冬爷爷奶奶心思都在防疫上，所以错过了发芽前给老树皮刮除病患，再喷铲除剂的时机。倒是石臼里的慈姑和荸荠长得郁郁葱葱，鲜绿得让人眼前一亮。

几年前，爷爷在院落靠墙处挖了个小池，之后不时放些小鱼、泥鳅什么的。

有一次，小宝往池里放了些从市场上买来的小鲫鱼，结果隔三差五就躺在了水面上。只有那些个河里钓来的小野鱼生命力顽强，躲在池下游弋，偶尔浮上来啄水瓢、浮萍吃。

爷爷说池底有不少螺蛳，问我要不要吃。我说，别去惊扰，让它们在方寸之处安生吧。

坐在后园的小石墩上择四季豆时，夕阳慢慢沉到山背后去了。四周的鸟声渐渐多了起来，燕子不知何时也悄悄飞回了窝。等爷爷把吃饭的小方桌搬到屋檐下时，我们又听到了夜莺的哒哒声。

早晨起来，爷爷已在菜园忙乎半天了。他给小的们挖了土豆，割了生菜、野莴苣和灰灰菜，装了满满一袋，让我带回城里。奶奶剥了一小截蔷薇的嫩枝给我吃，嚼在嘴里，一丝甘甜。奶奶说，这是她小时候的零食，有健脾和胃的功效。想来，大自然给予人类的馈赠处处皆是。

　　跟爷爷奶奶一起吃了咸鸭蛋过水泡饭后，我把蔬菜装上车，赶着给孩子们上课去了。

"老小孩" 杂记二三

（一）

想着放假了，把手机闹钟关了，来个自然醒吧，结果闯了祸。醒来一看手机，已是九点过，吓得我一跃而起，手忙脚乱地边穿衣服，边在房间扯着嗓喊妈！飞奔到外屋，果不然，妈端着个饭碗，厨房灯也不开，心事重重地坐着。

"妈，我睡过头了啊！你怎么连灯也不开呢！""我以为你一早出门有事去了呢！"

见到披头散发狼狈的我，老母亲马上眉开眼笑了。

知道我哪怕只去个卫生间，老母亲就会满屋子边找边喃喃自语"到蛤里启哉阿"，已进入阿尔兹海默综合症状态的娘，虽手脚健硕，但常常极度健忘，智力退化。

"妈，以后早上到八点还未见到我，你一定要来敲我的房门，呐囡一定是睡过头了的，我出门不会不说的噢！"递上一杯热豆浆，一边给母亲剥一颗昨晚就热着的鸡蛋，一边嘱咐着老人。

"好个，好个！"母亲的眼眯成一条缝。

再不能关闹钟了，你这傻人！我在心里狠狠地责备着自己。

（二）

太阳出来了，虽然空气还是冷得冻手。看娘眼睛一直望向窗外，我笑了，"妈，别急，等我洗好碗，我们去河边散步。""好个好个！"只要去外面，娘就千个万个乐意。

小区外一栏之隔就是我日常最钟情的"后花园"，有一眼望不到头的步道，还有岸柳相伴的一河碧水。

把娘挽在手里，沿着河畔缓缓行走。此刻，太阳已然升高，阳光透过树荫斑驳在步道上。两只雀在苦楝树上鸣叫。沿阶草上还挂着晶莹的露珠，紧挨着的一大片鱼子兰，静静地冬眠着。

娘指着一丛摇曳在寒风里的小紫菊告诉我，这叫土麝香，可以泡茶喝，是开胃健脾的，中药铺有卖的。呵呵，原来妈还能识花呀，厉害厉害！我使劲地夸着娘。

被我们的脚步声惊扰，一只白鹭腾地从河畔的草丛里飞起，扇着雪白的翅翼，飞往河对岸去了。

"妈，你把身体养得结结实实，等我放寒假了，我再带你去自驾游哦！""好！"娘开心得眼睛眯了起来。

我看见，一向腰板直挺的娘，明显地有些驼背了。我的娘终于也老了呀！趁娘没留意，我赶紧抹去眼角的一滴泪。

阳光撒在水面上，风过处，细碎的绫波闪动着。

"真好看！"娘像孩子似的欢叫起来。顺着娘的视线望去，那只白鹭在河面上兜圈，间或，滑翔出优雅的弧线。

抬头仰望，天蓝得纯净，白云无踪。苍穹深处，可有父亲在凝望？爸，放心，有我在，妈无恙。

转头，我看见娘脖子上的红围巾，如同她的笑容，温暖在岁末的阳光里。

（三）

去华顶玩雪之前，因为听说道上有冰冻，所以把娘留在了台州"发现·艺家民宿"，让她烤火看书，还留了一袋零嘴，嘱咐美女老板白灵给老人家准备好午餐。

谁知到了午后1点，接到白灵的电话，说我娘生气了，嫌没有把她一起带去玩雪，就是不肯吃饭，说要等囡回来一起吃。临了白灵加一句，"老人家可固执呢！"

于是连忙心急火燎地赶回来哄娘，在冰雪夹道的山路上，我把车子开得像飙车的野小子。

果不然，见到娘，她那撅着的嘴都能挂油瓶了。我这边还在解释山上路滑有冰冻，老人去不得的，她那边一句话就把我逗乐了："冰冻路滑我有办法的，在农民家讨两根稻草绑鞋上就行了。"

好吧好吧，我的娘，来来来，倒杯香槟我赔罪！

哈，真是个老小孩哦。

（四）

冬至大如年。从小就听娘这么说。

"做冬至"——祭祖，是绍兴民间的习俗。娘是老绍兴，我是看着娘"做冬至"长大的娃。

小时候，没等娘把"七上八落"的一桌祭食做齐，我已按吩咐和要求，在客堂间的八仙桌上，小心翼翼地摆好祭祀用的碗筷和酒盅。怕妹妹犯馋，娘早早就把她打发去台门口玩。娘说，祭品是不可以先尝的。

斟好酒，饭菜上桌，燃香烛，家人挨个礼拜。其间，娘轻声说上一堆祈福的话语。之后，娘在两个旧铁锅里烧纸钱。祭祖仪式完毕，便是全家一起喝酒吃饭的温馨时光。这时候，在喝老酒的娘就会把酒盅递给我，让我抿一口，并哄我说，喝了敬过祖宗的酒，胆会大，跑得快。

想来，现在喜欢闲时喝点小酒的习惯，十有八九脱不了拜我娘所赐的干系。

娘的娃长大了，嫁人了，也记着在冬至日，正儿八经地在自己的小窝里，"做冬至"，祭祖先。一年又一年。

今日冬至，自然也不例外。驱车早早把娘接了过来。

前段日子，为配合疫情防控，教培老师们停课在家，便想着接娘过来住一段时间。谁知娘一听，皱着眉说，你那我住一两天还行，时间长我是住不惯的。看我发急了，老娘索性像小孩一样，在她卧室的地板上"赖地"了，慌得我赶紧讨饶作罢。

受前一次教训，所以接老娘前先说明，是一起过冬至，完了就原路送她老人家回去。娘这才露出笑脸。

一同跟来的娘的老"保镖"，趁老人家不注意，偷偷向我告了"密"。她这一告，差点把我吓得晕过去。

原来娘昨晚在家上演了一个"绝技"。当时，客厅的其中一盏灯突然灭了，老人家居然在电视机柜上放上方凳，再爬到凳子上，用棍子去拨弄灯。一晃，就摔下来了。所幸娘命大，没伤着筋骨。

看眼前的老娘行走自如，我那瞬间加快的心跳才平息下来。

"老娘啊老娘，差一点点，我们就只能在医院里过这个冬至了呀！"面对这个老顽童，我是哭笑不得。

估摸着娘怕被我批，愁得早饭也没吃。等我把一碗藕粉和一根香蕉塞到她手上时，娘很乖地马上把它们消灭得干干净净。

看我在厨房一通忙碌完，再摆开祭桌，熟练地重复着娘以前的一番操持，老人家在一旁咧嘴乐着。我冲娘一笑："脚娘肚里带来格！""随个随个，呵呵呵！"娘开心着。

祭祖完毕，一家子热热闹闹地开吃了。我把一颗饺子塞到娘的嘴里："祝贺老娘将被莫名杂技团破格录取！"娘哈哈大笑着说："不敢了，不敢了！"

"放心吧，老娘，我已电话过，傍晚电工就会去家里搞定的。"
"好个好个！"

酒香在冬至的饭桌上弥漫。窗外，阳光甚好。

（五）

湖州有安吉，素称竹乡。而 rice 米家，便是藏在竹乡林海间的一抹浅白。

浅白的房舍，浅白的纱幔，浅白的桌椅，浅白的 tata 米，再加屋檐下，一只人见人爱的浅白羊驼。

当我带着母亲，踏进米家小院时，宛若"绿野仙踪"里的童话小屋，呈现在我们眼前。

这处原本是民宿主人，为了女儿所建的拍照场所，一年多来，竟吸引了无数游客，自四面八方，纷沓而至。

"是二宝吧，网上照片里的小囡该是大宝。"

办理入住手续时，男主人正搂着怀里的小宝宝，静静地窝在沙发里。

"是呢，大宝送去幼儿园，已上大班了。"

抱着娃的奶爸，一抬头，那笑容，恰似秋日午后的阳光，浅浅的暖。然，大写着惬意。

这，大概便是挽在手臂里的父爱吧，我想。

午餐时分，点了三个本地土菜。白切土鸡，雪菜炒肉丝毛豆，勒笋炖肉。男主人说，材质基本都来自家后院。

掌厨的是二掌柜，男主人的弟弟。没料想，这个曾于澳洲留洋七年的高富帅，厨艺不带掺。好吃，无奈量过足。我们两人努力吃，也只灭了一盘。

见后院种满了绿绿的蔬菜，晚餐时，要了现摘的小青菜，大厨给加了鸡汤。喝了个见底光，那个鲜呀。

睡房很大，两张各两米宽的地台榻榻米，与母亲的床背相靠。

躺在床上望出去，窗外便是绿荫叠翠的群山、竹海。顿觉心旷神怡。

此刻，母女"米家"同卧，星辰数颗伴梦，人间幸福，莫如斯乎。

今夜，安且吉兮。

菖蒲伴书香

早春二月，虽说清冷犹在，但太阳一出，其暖融融。有友人相邀："好天气，挖菖蒲去！"于是，欣然随往。

菖蒲，虽为山间小草，近水而植，疯狂生长，却与兰一样，为性灵之物。它因简而洁，因俗而雅，有出尘之致，故常听闻，"园无石不秀，室无蒲不雅。"自唐宋以来，一直为文人墨客之书房案头清供。

试想，在满是书卷、文房、雅器的书斋内，置一盆石菖蒲，自是情趣横生，其俊秀卓然的气韵，更是与文人"淡泊以明志，宁静以致远"的秉性相吻合。郊外玄溪村，一处僻静的溪沟沟里，但见菖蒲们在流动的溪水间，依水而生，倚石而长，随处可寻。果真为"寒冬刚尽，于百草中率先觉醒"之物。

折一截剑似的菖蒲，凑近嗅之，一缕麝香似的清香顷刻扑鼻。据中医典籍所载，菖蒲的花、茎香味，有开窍散风、怯疫益智的功效。它的根茎亦可怯湿解毒，聪耳明目，还可做成香袋驱蚊虫。所以民间历来有端午门口挂菖蒲、驱邪避害的风俗。性和气质相契合。

山间小溪，涧水淙淙，浅滩石缝，菖蒲郁郁。长者似芝兰簇生，迎薰风摇曳，幼者如嫩芽初醒，与苔藓共生。文房所植之菖宜小不宜长，最好附石共生，置于盆中，颇有磐石显凝重、草色入帘青的雅趣。于是在这溪涧之中撬石挖泥，采挖自己心目中最美的风景。劳作半个时辰，我们已收获颇丰，抱着一块又一块沉甸甸的簇生着菖蒲的黝黑石头，就像捧着一个个美好的新生命。

山野的生命迁移至城里，自然需要精心呵护。选盆加水，配景造型，一番捣鼓，数盆风姿清秀的"石菖蒲"，便靓在了我的书房、客厅，还有窗台。

"异根不带尘埃气，孤操爱结泉石盟。"坐在案头前，唯觉得，这般亭亭玉立、飘逸俊秀的菖蒲，在午后的辰光里，无声却执着地传递着它的花语。

苦楝子

夕阳的金辉倒映在屋后的水面时，我经过岸边的步道。

许是脚步声的惊扰，还没靠近挨着歪脖柳的那颗楝树，一只灰雀在惊恐的"喳"声中，从我头顶掠过，随之树上掉下一颗圆溜溜的小果，擦过我肩头，滚落在草丛中。

停下脚步，抬头望去，深褐色粗细不均的枝桠上，虽已落光了最后一片叶子，却犹如许多顽童的手臂，争先恐后地伸向冬日晴朗的天空，每一处枝梢上还挂满了星星点点的小果子。

此刻，这些小果们在夕阳的映照下，泛着一层黄白色的光泽。看它们紧紧依附着秃枝的架势，大有苦恋到底的倔强。

从脚下的草丛间，我捡起灰雀遗落的果子，放在手心一看，呵呵，楝子核已被磕开，里面的种子已被啄食了。

不由想起小时候的趣事。那时，我家住在傍着城河的老台门里。老台门住户很多，一家挨着一家，自然邻居小伙伴也不少。老台门隔壁有一个带后花园的小台门，里面只有三户人家。每到傍晚放学或是节假日，大小台门的孩子们，便会呼三邀四地聚在一起玩耍。

记得小台门有个叫强的小伙伴，记忆中长得愣头愣脑的。他经常会带着我们一伙，去他们的后花园玩。说是花园，其实没有花，倒是长着两株高大的树。拄拐杖的强奶奶告诉我们，那叫苦楝树，结的果子很苦，不可以吃。

每到夏天的时候，几个女娃便摘那后园满地的狗尾巴草，坐在楝树下编织头环。完了戴在头上，挺起小胸脯，幻想自己是部队的解放军阿姨。

那个季节，楝树上长满了青绿色的苦楝子。男娃们用楝子作弹弓的子弹，然后玩打仗的游戏。若被打中了，要交对方一颗楝子。这样的"仗"每每打得热火朝天，打得娃们个个小脸通红，汗流满面。每每要等强奶奶的拐杖使劲敲打在后园的青石板上，喊强吃饭时，一群小伙伴才不情不愿地从"战场"上撤退下来。这时候，强强便会往我手心里塞几颗他的"战利品"。

母亲看到我手里把玩的楝子，就会说，阿囡，不许放嘴里去，这叫哑巴籽，吃了会变哑巴哦！

嗯嗯，我不要变哑巴，我要唱歌。小小的我听了，使劲地往心里记。

长大些了，能识字看书的时候，我在爸学校图书馆的百科全书里，读到有关楝树的介绍，才知道母亲并不是唬我。书上说，楝子里的苦楝素，是一味带有毒性成分的中药，若无医嘱，误食过度便会中毒，危害身体。当然，苦口良药，它自有它杀虫与抑菌止痒等的药用功效。

正因为苦楝子味苦，所以除了很少的几种鸦鹊喜食，大部分的鸟们都避而远之，才有一簇簇黄果儿高挂树梢的冬日景致。

《庄子·秋水》中曾有提及，凤凰非练实不食。这"练实"指的就是楝子。虽说凤凰只属于古老的美丽图腾，留在传说的篇章里，但融在蓝天背景里的楝子果儿，也因此让人多了几分神秘的想象空间。

一阵风吹过高高的树梢，楝果儿们只轻轻地荡了两下，依旧紧紧地抓着枝桠，没有丝毫放松的意识。是啊，这是它们的家，是生生死死、不离不弃的家呀！

莞尔一笑间，我仿佛看到，又一季淡淡的青紫色楝花，满树盛开在春暖花香的来年。

春风才起雪吹香

樱花林的早樱开了。

那日，正在晨跑的女人，闻之，立马拨通了母亲的电话。

赏樱去喽。母亲自是欣喜不已。

已过耄耋之年的母亲，除了忘性大些，腿脚依然灵活而好动，尤喜跟着阿囡我出游。我常常打趣老人家，说她心里永远住着一个活泼泼的小女孩。母亲听了，自是咧嘴偷乐："阿囡话得一索勿错，纳娘心里还是十八岁呢，呵呵！"

话说老母亲也确实厉害。假日里随我走南逛北的，从不会晕车晕机，赶路也未曾落后于我。

记得有一年寒假，我带着母亲去北海过冬。下机刚到酒店，我还在晕晕地，有些水土不服感，想先躺会儿。她老人家竟闹起了小脾气，嚷着要出门逛街，弄得我哭笑不得。

母亲出门最远的一次，便是跟我飞到兰卡。坐了九小时加转机，却丝毫没有倦态的老人家，在绿皮火车上跟着一众人嗨皮。

每年春天，家门口的樱花盛期，我自然更不会放过带着母亲去赏樱的好时节。

樱花林坐落在市郊大禹陵侧，委宛山畔。那里有百多亩的几千株樱树。据说当年的花种，一部分是从日本进口，一部分为日本友人相赠。由此，这片樱花林亦称为"中日友好林"。

"樱桃千万枝，照耀如雪天。"每到暮春三月，樱花林的景致，便如同唐代诗豪刘禹锡所诗般，引四方游人纷沓而至。

这会儿，母亲这妥妥的"跟班小蜜"，照例行路利索，夹着地垫，一步不拉地随我进入林区。

林中果然好时节。花事正浓。

但见，山色秀美、植被丰厚的宛委山山麓前，一树树花枝如云似雪，一簇簇的樱花铺天盖地。风过处，花瓣纷扬，此起彼伏。而后，落在树下，落在草丛，落在水面，落在樱树下摊开的掌心。

此刻，铺上地垫，坐在花荫下，母亲捧着书专心诵读。"恬静如同少女"，看到我即时传送的快照，友人用六字，如是形容我母亲。

是啊，此刻的母亲好美。樱如雪，这方天地纯净如雪，浸染中的人心亦纯净如雪。手捧书本，鬓丝如雪的母亲啊，您是否依稀回到了清苦中不失阳光而美丽的姑娘时光？

遥想当年，母亲十八岁就进了茶厂。能歌善舞、性情活泼的母亲，是众人眼里的佼佼者。

尽管当时工作条件艰苦，但母亲一直快乐而开朗。每到开春采茶季，作为团支书的母亲便组织年轻的伙伴们，翻山越岭，去王坛青坛，向当地村民收购刚采的新茶。

那时候，走山路对于城里这些十八九岁的姑娘来说，是一种从未有过的考验。除了攀爬崎岖不平的石炮路，还得在伸手不见五指的黑夜，穿过土坟窝，回到寄宿的农家。而后，母亲又在蓖油灯下，带领一干年轻伙伴识字扫盲。

夜深了，大伙才铺上篾席，席地而卧。母亲枕边识字本的墨香，在寒意未尽的子夜，在姑娘们轻轻的鼾声里，氤氲，弥漫……

我看见，一瓣落在你消瘦的肩，一瓣粘上你花白的发。而你，面向春阳的笑，似朵樱，在我心头怦然绽放。眼前，樱花丛中的母亲，让我滋生的诗意如展翅的鸟。

日本民谚有"樱花七日"一说，意为它花开花飞，短暂而美丽。

而我以为，这样的美，是宋濂的《樱花》叹："恐是赵昌所难画，春风才起雪吹香。"这样的美，是龚自珍《己亥杂诗》里的情怀，"落红不是无情物，化作春泥更护花。"美丽的花瓣，不就像孩子眼里的母亲，伴随着馨香永恒的母爱，以永不凋谢的榜样之美，长长久久，芬芳在记忆的天空。

陪着母亲，漫步在樱花林，淹没在花海中，醉读在樱树下，也属小雅一桩吧。

说到雅事，不免抬头望去，一株樱树上挂满了系着红线，垂着红穗的小木牌。牌牌上写满了一个又一个醒目的祈福与心愿。

鸿雁传书，花枝寄情。樱啊，你便是名副其实的"花信"。

最美不过心愿。这高挂着的，分明是一树的幸福，世间的美好呀。

"泡泡棒要吗？"一声轻柔的招呼在身后响起。

转身，见一大学生模样的女孩守一小摊，正在兜售花花绿绿的泡泡棒。知是勤工俭学的学生，便上前跟她要了一根粉色的泡泡棒。

　　拧开盖子，我把它递给了母亲。一串彩色的泡泡，穿过阳光，瞬间飞向樱树。

　　母亲咯咯地笑着，笑得孩童一般，笑得灿若樱花。笑声中，我恍若看见两个手牵手的小女孩，欢笑着向母亲跑来。她们穿着一模一样的花袄袄，那是母亲用积攒的"挑花"钱，托人从上海买来时新花布，在下了夜班的灯下，一针一线为女儿们缝制的新年新衣裳。母亲的心里，一双女儿永远像花朵一样美丽……

　　"你是一树一树的花开，是燕在梁间呢喃，是爱是希望，你是人间的四月天。"心在吟诵着，而母亲的笑声弥漫在雪天似的樱花林里。

却予情怀寄茉莉

又是一年中秋。皓月当空，情思悠然。我照例按母亲的嘱咐，在阳台摆上瓜果和月饼，泡上一壶茉莉茶，再点上香烛。母亲说，这是祭月，也祭你。

你是我未曾谋面过的亲人。然而，对你的敬仰之根，却早已深深植入心肺。

母亲说，你喜欢茉莉。

于是，我常年养着一盆茉莉。记着早早晚晚浇水与修枝剪叶，记着花开香浓时摘取与烘培，积攒成花茶。对你的情思，便也在中秋夜的茶香四溢中氤氲升腾。

茉莉茉莉，愿君莫离。母亲说，这是记忆里，你教过她的第一句诗。

我相信，念着这句诗的你，一定是饱含深情的女子。只一句"莫离"，便让人唏嘘动容。

月下，提起有关你的往事，母亲每每讲得风淡云轻，而我，屡屡听得肃然起敬，抑或情不自已。我在母亲的讲述里，触摸着你，认识着你，敬仰着你。

烛光跃然处，我翻看着你的照片——尽管仅有两张之存。

一张是学生时代的你。留着齐耳短发，穿一件立领大襟短上衣，下着玄色长裙。典型的民国时期女学生模样。照片上的青春，恬静而稚气。"盈盈素靥，临风无限清幽。"清纯的脸庞，让人不由想起柳永诗下，那一朵芬芳而洁白的茉莉。

一张是任职小学教员的你。此时的你，已荡然无存少女时的青涩。望去清秀而成熟，神色沉稳而坚定。紧抿的嘴角，悄然透出一抹倔强。

想来，我母亲乃至我，烙在骨子里的那份倔强，不正源自你的血脉呀！

你是幸运的。旧时女孩，大多嫁人为妻后，从此闭门相夫教子。而出生书香门第的你，嫁入了开明的乡贤之家。你一头扎入创办学校的繁重工作，教书育人，堪为师表。

然而，身为旧时职业女性，若想做个称职的妻和母，谈何容易。于是，小说里描写的诸多恩恩怨怨，也便衍生在了你和夫君的身上……

茉莉茉莉，愿君莫离。很久以前的那个中秋夜，你哄着怀抱里的稚儿，喃喃地念着。夜如何其夜未央……

所谓"情深不寿"。英年早逝的你，曾是那样的爱着夫君，爱着孩子们呀！茉莉茉莉，愿君莫离。你教女儿的诗句，不正是你最好的爱的佐证吗？在你身上，我分明看到了千百年来，传统的中国女性那隐忍而重情、善良而坚强的浓缩的身影！

敬仰您，我未曾谋面过的亲人啊！

长夏喜闲居，凉风吹入室。

朝看户外花，暮听窗前竹。

身强药不需，智慧书能读。

菜饭本无忧，布衣原可服。

人生能几何，知足便是福。

　　月华似水。抿一口茉莉花茶，我一字一句地念诵着您留给母亲的传家之训。

　　如若天庭也盛开着茉莉，您的发髻旁是否有玉髓飞溅芬芳，任沁香随月华送到我梦里? 我至亲至爱的外婆呀!

长命舅舅

幼时，母亲有个要好的朋友，名叫兰英。因比我娘年长许多，母亲让我呼她"兰英外婆"。兰英外婆早年守寡，丈夫病亡后，独自抚养三子一女长大，拿我娘的话来说，"苦头吃了勿足话。"

我印象里，打着两根长辫，消瘦的脸上有一对大眼睛的兰英外婆，会抽烟，话不多，说话声音温柔。她的几个儿女，从大到小，我分别叫他们为长命舅舅、阿土舅舅、老鼠舅舅和阿红阿姨。我懂事的时候，兰英外婆的这些子女，或工作，或支农，都已能帮衬家里了。

那时，老小阿红跟着她娘"挑花"，老二阿土支农，老三老鼠做木作，而老大长命则顶替亡父进了铁路局，在皋埠小火车站做扳道工。我常常会跟着母亲去兰英外婆家玩。我喜欢那一家人，不管男的女的，说话都慢悠悠，眼睛都带着笑。

我最喜欢其中双眼皮深深、有络腮胡子的长命舅舅。不仅因为他是三个舅舅中长得最帅的，最重要的是他每次来我家时，都会给我带来一本最新的儿童连环画报。那时，这连环画报对于小镇的孩子来说，可是稀罕物。舅是让站里的同事从上海定期买来的。

过生日时，娘给我买了双小雨靴。我见那暗肤色的软纸板鞋盒不错，正好可以装我的一叠画报，便跟娘要了来，然后，一本本按期号叠好，装进鞋盒，放在大橱柜的兜肚里。每天，我都会拉开橱门，捧出鞋盒，坐在小板凳上，安安静静地翻看画报，不管是过期的，还是舅刚送来的，我都百看不厌。

暑假的时候，皋埠的大嬷让我去乡下住几天，母亲同意了。那天，大表哥划着小木船来接我，我没带我的洋铁玩具"餐具"，也没带娘给我缝的布娃娃，只抱了那鞋盒，欢天喜地地跟着大表哥，上了小木船。

每天在乡下吃过晚饭，洗过澡后，没什么可玩的，也没人给我讲故事，我就在煤油灯下，看我的画报，翻过再翻，看过再看，一直到大嬷来叫我睡觉。我一边答应着，一边照例把画报按期叠好，再小心装进鞋盒，防止折边。大嬷见了，便笑着说，呵呵，这小人噶啧古，大起来会做人家格！

几年后，长命舅舅结婚了，娶了一个三十多岁的老姑娘。那晚我跟着爹娘，在兰英外婆家喝喜酒，不大的堂屋里坐了满满一桌人。酒席上，我没听新娘说过一句话，只见长命舅舅不停地给大家敬酒。回家路上，我听娘跟爹说，之前有给长命介绍过几个女孩，但都嫌长命家条件勿好。这个女的也是好不容易才托人介绍成功的。长命老实头人啊，唉！末了，母亲叹了口气。

后来，长命舅舅很少来我家了。我跟娘去过一次舅的婚房，在皋埠铁路边的宿舍。听大人们说，那个舅妈会管家，自然成了新家的掌权人。

　　再后来，一直到兰英外婆去世，我就再也没见到过长命舅舅，也再没有收到过新的连环画报了。但那只装满画报的鞋盒，却一直伴随我度过童年的岁岁月月。那叠画报，也尘封在我的心底，成为一段永不褪色的记忆。

枕一片云雾入梦

常常会好奇自己，大概前世是高山上的一只雀吧，抑或是深谷里的一朵云，所以这辈子才会毫无理由，不分季节，逮着日子里的空隙就往山沟沟里钻。

这不，安排完手头的活，一个电话后，带着一家老小，说走就走，即刻朝山里奔，了了年前之约。

上了车便是妥妥的女汉子。穿过将近三小时细密的雨帘，下了金华高速，顺路找个大众点评好分的餐店，待一家子尽情满足味蕾后，夜雨阑珊中，打开车雾灯，绕过十八弯乡道，翻过雾气弥漫的山崖，在家人一路欢声笑语中，经过一个多小时，一气到达坐落在松阳四都乡山腰处的庄河村。

松阳被誉为"江南最后的秘境"，除了青山、瀑布、云雾、溪流、古树、茶园，一百多处遗留下来的明清建筑民居，保存完好，散落在松阳深山里。庄河村，便是具代表性的其中之一。云烟雾霭处，土坯房错落有致，黄泥墙与黑瓦片诉说着大山里久远的故事。

随着四都乡"雾"主题民宿旅游产业的发展，各具风格的众多民宿，已成为庄河村一道靓丽的风景线，从而吸引着越来越多的探秘者，从四面八方纷沓而至。而我同学 Z 君的民宿，也就设在此地。

"山上下雪了，来玩哦！"年前的某日课间，我收到了诱人的邀请。

刹那间，恍若有雪花纷纷扬扬飘舞在眼前。心，飞往松阳的雾凇雪景去了。

Z 君是我高中同学，挺会玩，而且玩得合规合法。早些年，辞了本地国有银行小行长职务，跑去省城的股份制银行，却也干得风生水起。前几年，行内新规一出来，内退离岗的他，玩金融投资，玩股票，几场胜仗下来，这哥们竟又跑去松阳山上，玩起了民宿。

云影心谷。我这同学人长得不文艺，却给他的民宿取了个挺文艺的名。

受此名诱惑，民宿才在村落一处危房的土坯黄泥墙周围，搭起架子那会儿，我便屁颠屁颠，跟着省工大建筑系教授去工地感受了一番。记得那天山上变了脸，又是风，又是雨。穿着漂亮裙衫的我，和另一个同学一起，缩在工地对面的村委礼堂避雨。索索发抖中，那点等风来、看雾飘的小情调，早跑到爪哇国去了。

之后，这民宿工地结结实实折腾了两年。其间，只听 Z 君不断告诉我，请了台湾的室内设计师，已在软装中了；从巴厘岛空运来蛮个性的床头小柜了；游泳池已搞定了；桂花树已种下了……

再后来，离民宿正式开业前一周，我带了一队铁粉，不管三七二十一，连吃带住，先去体验了两日。顺带把两年前未果的雾霭流岚情结，也给了了一把。完了，码一行体验心得："如果哪天感觉周身需要充氧，我想，我会再次来到这睁眼见云雾，闭眼枕星月的云影心谷。"……

"好嘞，先约个初定吧，但愿这个冬季如我所愿哦！"记得那日，我给再次发来邀请的 Z 君，贴了个胜利的表情……

裹着一身夜雾，黄昏时分，我带着一众家人，风尘仆仆地穿过青石板铺就的山道石阶，敲开了"云影心谷"的大门。

今夜无雪，枕一片云雾入梦吧。笑魇莞尔间，我告诉"云踪"房里的自己。

菜熬饭

晚餐，我做了最爱的菜熬饭。

水开，剩米饭、少许熟排肉末，下锅。待滚开，放几片泡好的年糕片、焯好的菠菜叶，加盐、半勺猪油，待再次滚开，起锅。令人食欲大开的菜熬饭端上了餐桌。

喜食菜熬饭，不仅仅因为它简单而可口，更因为它有母亲的味道。

很小的时候，天寒地冻的三九天，母亲就会让我和妹妹多睡一会儿早觉。待母亲做好早饭，就会端来脸盆，让两囡在被窝头洗脸刷牙，再把一碗热乎乎、飘着猪油香的菜熬饭，塞到我们的手里。而后，母亲边在被窝头铺上旧报纸，边吩咐女儿们，吃得当心，别掉出饭粒。

姊妹俩一前一后吃完了，便会争着冲外屋喊：妈，我吃完了。妈，我也吃光了。

之后，母亲在门口的水井旁，用搓板洗一大盆衣服。吃暖了身体的两个小囡，就在被窝里大声地唱歌。直唱到日上三竿，母亲洗好了衣服，来给女儿们起床，穿上好看的小花棉袄……

童年的生活，虽然清贫，却有着记忆里最快乐的日子。童年的菜熬饭，虽简单，却是我和妹妹百吃不厌的美食。

于是，吃菜熬饭长大的妹妹，用半马和全马的脚步，丈量着今日脚下的路。

于是，吃菜熬饭长大的姐姐，在年复一年的春秋里，伴着舞房一拨又一拨的孩子，磨穿了一双又一双的舞鞋。

"谁言寸草心，报得三春晖。"唐朝诗人孟郊曾以春天的暖阳比喻人间母爱。

日本女作家盐野七生，在她的《罗马人的故事》里写道，"凯撒在母爱中成长，因此他的人格特征之一就是不论身处何种绝境，都不会丧失平和的心态。他的乐观来自从不动摇的自信心。是来自母亲所给予的爱……"笔墨间，母爱的伟大尽释其中。

而我以为，人间母爱，或许并非都为惊天地、泣鬼神之壮举，它，或融化在日子里一声淡淡的"阿囡"里；或氤氲在饭桌上一碗菜熬饭的热香中；……但它终究可成为女人一生的守护盔甲。

此刻，我摸着饭后圆鼓鼓的肚子，拿起了手机。妈，今晚我吃了一大碗菜熬饭呢！

腊　八

　　"来寺院吃粥吧！"恒广师父在微信里招呼。

　　上一次去平阳寺还是初夏，寺院旁的一池睡莲，欣欣然睁着明媚的眼，端坐水面。转眼已是腊八。若白驹过隙，忽忽而已。眼前晃过大白蝴蝶。意会着庄老先生的两腋风生感，车轮已至寺门。

　　相比半年前防控疫情、寺院紧闭的情形，大门洞开的平阳寺已呈开放状。午后，偌大的寺院内人影稀疏，香火冷清。恒光师父说，加上主持，寺院内一共有十七、八个僧人，不少也阳性了，只不过早晚功课照做不误。佛事也没有停过。腊八粥从昨晚就开始熬了。身材高大的恒广师父一边带我前往各殿点平安香，一边告诉我。腊八是释迦摩尼佛的成道日，相传释迦摩尼在苦修第六年的腊月初八，路过一河边，由于连日奔波劳累、腹中饥饿而昏倒，被附近的一位牧羊女发现，她用野果和米粒熬汤相救，才使释迦摩尼缓过气来。而后，释迦摩尼就在此河边的菩提树下静思打坐，最终开悟成佛。

这一天，烧粥供佛，以示纪念，便成为寺院不成文的规矩。再后来，家家户户腊八熬粥，也成为节气里老百姓的习俗。

一早开始，香客便络绎不绝前来平阳寺烧香和食粥。

平阳寺地处越城外约二十公里的南面山区。早在战国时期，勾践之父允常在此建城立都。至今，寺附近尚有当年的"点将台"遗址。当然，最负盛名的当属寺内的无尘殿。

无尘殿原为藏经阁，已有三百多年历史。令人称奇的是，无论梁椽还是窗框，不用掸帚，终年洁净无尘。传说当年出家为僧的顺治皇帝，曾在此作短暂修行，于阁内藏匿吸尘宝珠之故。传说归传说，无尘殿经历岁月风雨冲刷而依然不倒，实乃幸事。

菩提本无树，明镜亦非台。本来无一物，何处惹尘埃。修行先修心。禅宗六祖慧能法师的一则《菩提偈》告诉世人，对世事有所挂碍就是心上有尘的根源，若能做到对一切世事无所挂碍，便是得道圣人。每每与恒广师父谈及一二，总能感触良多。

路过左侧禅房门口，不见了夏季时的两颗幸福树。当时见其一株枝繁叶茂，另一株则枝叶稀疏，恒光师父笑言万物有灵，生死有命，花木也不例外。此刻，我也没有多问。生命自有它最合适的去处。

叼着一只食品包装外盒的"莲慈"出现在过道上。之前听恒广师父说，这只会捡拾垃圾的拉布拉多母狗，终日与僧人们一起，浸染在晨钟暮鼓、佛号梵音之中，俨然修行者一般。当家师父看它有灵性，便给它取名为"莲慈"。莲出污泥而不染，与佛教而言，莲即是佛，佛即是莲，"一朵空性智慧的慈悲"，是佛缘，是前世今生因果。一声阿弥陀佛，师父如是说。

一方一净土，一笑一尘缘，一念一清静，心似莲花开。我摸摸"莲慈"的头，它好像听懂似的，闭眼咧嘴，一副安详样。

恒广师父从厨房装了满满一盒腊八粥递给我。这是中午刚熬好的一锅，还热着呢！接过粥盒前，我双手合十，连声道谢。

平阳寺的腊八粥，由生料、熟料各八种，共十六种材质熬制而成。在我印象里，这样的腊八粥是最为考究的了。往年，我也会熬点腊八粥于家人，红黄绿白，零零罗罗的配料在超市成包购得。过了腊八便是年。对于我来说，熬腊八粥，更多熬的是一份传承老祖宗习俗的感情，熬的是对来年的热望。

记得我家刚搬来新小区那年的腊八，我还特地熬了一锅腊八粥，送给天寒地冻里值守小区的保安小哥们。谁知没多久，物业工作人员也挨家挨户送腊八粥来了。当下心里暖意横生。

母亲跟我说过，早年她的爷爷，我的曾外祖父王子裕在古城设有"凌霄社"，专门免费为穷苦人家问诊看病，施粥舍茶，每到腊八，领粥的队伍排好长。那天，王家几个大一点的孩子都会开开心心地跑过去帮着盛粥。沉浸在回忆里的母亲眼眉含笑。

我一直认为，慈悲是佛性，是众生共有的财富，是心存正念的服务济人。如同当年的"凌霄社"，如同平阳寺的每一碗腊八粥。

还同旧侣绕巢飞

早饭过来吃哦，麦荬头做好哉！

晨醒，女人打开手机，便看到温馨的留言。

这是来自相距十五公里，乡下的小宝爷爷奶奶发来的早餐邀约。

最爱吃小宝奶小宝爷做的麦荬头了，也常常喜欢看两老在灶前做麦荬头。和好的麦粉浆，用一个筷子，一条一条地下到滚水锅里。然后，放入几根刚从菜园里摘的四季豆，抑或其他绿蔬，再加些许笋干菜。等到麦荬头浮起来，撒一把嫩绿的小葱，便可出锅，一碗葱香四溢的麦荬头汤，顷刻让味蕾恋爱。这是女人的最爱。

从城区到兰亭官庄，只不过半小时的车程。远远望见绿蔓缠绕的"花坞茶谷"石牌，心下便起莫名的兴奋。

"陌上行歌日正长，吴蚕捉绩麦登场。兰亭酒美逢人醉，花坞茶新满市香。"每每路过茶园，放翁先生的诗句便会澎湃在胸口。

眼下已过了最为热闹的采茶时节，此时的茶谷，犹如一片风平浪静的绿色海洋，静默在仲夏的晨岚里。

绕过茶园，便是小宝爷爷的余园。爷爷姓余，曾供职机关。告老还乡，叶落归根于故园。筑庐山水间，收藏满屋子的老物件，遍植环庐野草鲜花和蔬果。这山间院舍，便有了雅致的名字"余园"。

推门而入，但见满目鲜绿扑面而来。菜地里绿油油一片，豆棚架生机盎然，红玫瑰、白月季竞相绽放。院落各处，还散放着许多大小不一的石墩、陶坛，看似随意无序，实质摆设有章。它们，都是爷爷奶奶平时费心尽力收罗来的爱物。

搬个矮矮的竹圈椅，坐在院里的堂屋门口，面对一园子的草木葱茏，闻着草木清香，嚼着鲜美的麦荚头，顿觉外面的匆忙芜杂仿佛彼岸的风景，心舟泊进宁静的港湾。

屋檐下，燕子掠着剪尾，斜着身子，于头顶翩然，旁若无人地在余园进进出出。抬头，但闻燕窝里燕语呢喃，一片温馨。

这是我的小宝和他爷爷奶奶生活的居所，也是我的心灵港湾，更是燕儿们的暖巢呀！

它们一早比我还忙乎呢！拾掇着菜园的爷爷呵呵道。

回想风扫落叶的季节，回余园时，原本飞进忙出的燕儿们，便都没了影。燕去巢空。那刻，莫名的惆怅油然上涌。

于是爷爷便会安慰道：它们飞去没有冰冻的南方了。等园里红的玫瑰、白的月季开的时候，伢自然又回来哉！

还同旧侣至，来绕故巢飞。这不，年复一年，燕儿们认得归路，恋着老窝。人何尝不是如此。就如同小宝爷爷和奶奶，这一对早前的兰亭中学校长和小学老师，生于斯，长于斯，从兰亭出去，今退休后又返回兰亭，用心整理出乡间的余园。两老，不正像一双衔泥筑故巢的老燕吗？他们的家在这里，根在这里呀。

爷爷从屋后山上砍来粗粗的毛竹，装扮偌大的客堂间。又把两扇不知从哪疙瘩搞来的旧花窗，冲洗晾晒后，整在粉白的墙上，衬着毛竹，竟也透出几分古朴的雅致来。

前几日，爷爷又用毛笔舔墨，在那几根圆溜溜的毛竹上，添上了王羲之的诗文。又在两截子毛竹老头上，写上了"克昌厥后"这出自诗经的四字成语。

克昌厥后，斯文在兹。寥寥八个字，寄予了中国传统文脉的至理。忠厚传家久，诗书继礼长。守住根基，期盼永昌，这正暗合了我们绍兴地名的由来，"绍奕世之宏休，兴百年之丕绪"。守住祖宗根基，祈愿后世昌盛，是中华民族代代兴旺的传统，也是蔓延不衰的秘诀。

小宝奶奶从园里剪了满满一篮子马兰头回屋。屋里几人便凑在一处，细致地把老叶择净，老根剪去。

这马兰头是爷爷去年从余园后背的山脚下挖来的，种在园里的桂树下。没曾想，今年开春后，竟密密麻麻、郁郁葱葱地蔓延了一大片，如同爷爷筑庐山间的愿景一般勃发。

理着马兰头，听桂树上鸟儿叽叽喳喳聊得欢，女人便问挤在腿边的小宝，可听懂小鸟在说什么？

小宝眨巴着圆溜溜的眼睛，一本正经地回说，那要研究鸟的专家才听得懂啊！

哈哈，可不！女人乐了，一旁的爷奶也乐了。笑声惊飞了树上欢聊的鸟儿们。

夕阳西沉时，坐在屋檐下的小板凳上，看着小宝利索地把摘好的四季豆、黄瓜等蔬菜装进袋里，女人心上的喜悦满溢着。抬头，晚霞在山后面渐渐褪去。"鸟声幽谷树，山影夕时村。"诗句在唇齿间游离。山风吹来，些许燥热顿消。

转身，但见两鬓斑白的爷爷立在豆棚边，眼里堆满了笑意。他一边用毛巾擦着额头的汗，一边看拖着剪尾的燕从园外飞回，掠过头顶，一晃，消失在它们的窝里。

燕儿回巢，燕儿回巢了哦！只听爷爷喃喃地说着。

是啊，燕南飞北还，无论相隔千里，来年依然认得旧时之巢。人又何尝不是如此？亘古至今，但凡世间人，只有身归故里，才会觉得安稳；只有久居故乡，才会无所牵挂。

望着掠檐低飞的燕子，漂泊在城里的女人仿佛听懂了它的呢喃：这是不是也是你的家？

牵 手

　　钱江两岸的灯光秀，在夜幕下拉开喜庆的帷幕。十月的第一个夜晚，注定是属于红色的喜悦。包括身旁母亲的笑容。

　　老人家应景地穿了一件暗红系的丝绒衬衣。母亲虽年至耄耋，但始终怀有一颗爱美的心。美轮美奂的国庆主题灯光秀，映在母亲脸上，那几道陈年的皱褶里，红色的波纹在流动。

　　母亲皱巴巴、热乎乎的手，一直握在我的手心里。

　　双脚健硕是母亲最引以为傲的事，但我不敢放开母亲的手。母亲毕竟老了，而且也很少走夜路了。最怕一不留神，被磕着绊着，便是我后悔莫及的痛。

　　就像那年三八节，姊妹俩满心欢喜地带着娘去四明山庄度假。结果，去卫生间的母亲一个跟头从餐厅台阶翻下去，当场脚腕骨折，整整禁足两月有余。期间，不肯搁脚修养的老人，还跟我无端呕气好几回。也难怪，平日里走惯了的人，硬生生坐禁闭的滋味可想而知。

　　此后，每每带母亲外出，再不敢松开老人的手。哪怕母亲被牵得生烦。

那次一起在内蒙下面一个旗区玩。晚餐后，我拉着母亲的手，在弥漫着烧烤烟味的小街游走。走远了，想绕小路回去，却应了那句"走了路，落夜路"的老话，绕来绕去，走迷路了。兜了两圈，心下一急，牵着母亲，脚步加快了。"老小孩"当下甩开我的手，嘟哝起来："我又不是牛，要这样牵着走！"一句话说得我哭笑不得。

母亲平生最爱的便是节假日走亲访友，游走四方。年轻时如此，现在依然如此。只是岁月匆匆间，与母亲形影不离的父亲走了，母亲经常走动的老亲也一个个渐渐离世，所剩无几。所幸，母亲跟做伴的"保镖"阿姨比较投缘，我和姊妹的心也就放下了大半。

此刻，一弯黄橙橙的娥眉新月高挂在我们的头顶。江畔的高楼大厦演绎着节日的流光溢彩。我看到，母亲的眼眸里也流转着梦幻的彩虹。

我下意识地牵紧了母亲的手，在这幸福驻足的夜晚。

跃新哥哥

烟尘岁月里，不乏这样的故友，抑或师长，即使分别久年，即使天各一方，但凡再重逢，依然相见如故。就像我口中的跃新哥哥。

跃新哥哥，是我恩师——小学班主任兼语文老师的儿子。

那时，作为老师心爱的学生和一班之长，语文见长的我，常常能得到老师格外的关注。老师经常会在放学以后，把我带回她家里，辅导我每周参加学校大会的班级演讲稿。

在老师家里，我常常见到，当时刚参加工作、在我眼里俨然大哥哥一个的跃新哥。也常常从老师嘴里，不断听到哥哥的消息。说，哥哥在单位值班，煤油灯下夏夜苦读，直至半夜身下一滩汗水；说，哥哥如愿考上了法学院，上了大学；说，哥哥大学毕业了，在上海当了律师……

由此，从小不点起，跃新哥哥便成了我一路努力的榜样。

一晃，数十年过去了。再见到跃新哥哥，是在水乡小镇的安昌。

哥哥回来了，顶着一堆战绩赫赫的头衔。可在我眼里，他依旧是当年，老师家里的那个大哥哥。

哥哥办了一所私塾兼民宿的律行慈舍，在安昌的古桥旁，在老街的小河畔。

"在安昌这座特别的江南古镇，慈舍携手律派巨匠平台，将娄家台门这栋老建筑适当改造，融入律师律法的文化之素，将其溶化为一座蕴涵当地特色的历史人文型民宿——律行慈舍。"度娘如是诠释。

当年的黄毛小丫、如今的孩儿大王，陪着跃新哥哥，走在安昌老街依河而建、青石板铺就的长廊上，穿过古朴旧貌的台门弄堂、错落有致的翻轩骑楼，路过传统特色的店铺作坊、保留完好的古桥石梁，哥哥不无感概地讲述着，总结着当年绍兴师爷的特点：出门当师爷，忠心辅主。回家办私塾，倾心传承。

夕照下，跃新哥哥的肩背依旧厚实，他的眼眸里有星星在闪烁。

"但愿我的精力和能力，能够写上十年绍兴师爷笔记。能够记录点评数百个企业案例，成为现代绍兴师爷独树一帜的风格。为逐渐被人遗忘的绍兴师爷招牌，努力刷上一层金。"

黄昏的古桥下，一河碧水静静地流淌着。跃新哥哥慢条斯理的话语，在暮春柔柔的风里，传送着。

记忆的小蝶在飞

母亲说，我是两周岁上的幼儿园托班。

那年，在派出所任所长多年的父亲被提前转业到一初。我们全家便跟着父亲住到了绍兴市第一初中的教工宿舍。

很多年后，我才知父亲当年提前转业，原是因为不按组织要求，跟兄长家未划清界限。

解放前曾在伪政府做过秘书的大伯，解放后被打成反革命入狱，后在牢里病故。而父亲是个孝子，即便跟我母亲结婚后，依然把每月派出所的津贴如数上交奶奶，以养活包括大婶婶孤儿寡母一家五口在内的一大家子。这，便成了父亲"文革"中受牵连的关键。

然而，童年的世界里，不知忧愁为何物。

两周岁的我，随着妹妹的出生，在父亲母亲的眼里，已然是个懂事而听话的囡。

即使当时一初所谓的造反派，把写着"被罢官的骆肇迹"的大字报贴满学校墙头的时候，即使父亲被指派到学校食堂烧火，又被人暗中使坏，烧火碎木料受潮，呛父亲一脸烟灰的灰色日子里，父亲母亲的脸上从没有愁容，而他们跟前的我，也是个沐浴着父爱母爱的幸福阿囡。

教工宿舍的家离大坊口幼儿园（现东风幼儿园）不远。走一截街再过个马路便是。幼托班第二学期开始，母亲就让我自己独自上学了。

上学是一件快乐的事。因为，可以跟老师唱歌、跳舞、讲故事，这些都是我最喜欢的。

幼儿园的操场上还有个长鼻子的大象滑梯，木头做的，是我童年的最爱。下课的时候，只要跟着小朋友排队，爱滑几次都可以。

玩够了再独自回家。在厨房兼客厅的外屋忙碌的母亲，便会嘱咐我把手洗干净，然后用小洋铁碗装几粒香喷喷的炒蚕豆，或是两三片甜甜的红薯干给我。

幼小的我便会安静地坐在门口的小板凳上，嚼着点心等父亲下班回家。

母亲说，吃饭一定得全家人一起吃，不可像吃班饭似的零零落落；吃东西要坐着吃，不可玩着吃或站着吃，那样福气落光；吃饭不可发出吧唧声，那样别人见了会牵大人头皮，说没教养。临了，母亲往往会强调说，这些都是老祖宗的规矩。

那时，家虽清贫，但在幼小的我眼里，却是阳光暖暖、欢乐多多的幸福窝窝。

许多年后，父亲在不知不觉中被平反，被落实有关政策，被加工资，被分房子，而我也在教委分给父亲两室一厅的新居里出嫁了。

出嫁前日，父亲仍是笑呵呵地拖着长腔对我说，"阿囡，知足者，常乐也！"

直至今日今时，一个人晨跑、一个人看电影、一个人旅游、一个人看书写字……许多个独来独往的日子里，父亲那一句"知足者，常乐也"的教诲，成为我日子里的盔甲，支撑着我走过一季又一季的岁月。

我相信，明天一定比今天更好。

向苦而生

路过和畅堂的"海桐花艺"，包了一把洋甘菊。

一直喜欢这温柔、香甜的小花。

喜欢它唯美中的小清新。喜欢它的花语——向苦而生的坚持，逆境中的活力。除此之外，还喜欢它古老的传说。

相传在古埃及，人们把洋甘菊祭献给太阳神，因为当地人一直认为它能治热病，是月亮之花。而埃及祭司又特别推崇它在神经学方面，具有清凉、安抚的特性。

于是，捧着一怀喜欢的甜香，回了娘家。

香吧？笑吟吟地，把甘菊凑近母亲和老姨的鼻下。两老的脸，几乎埋在了花束里。

香，香哦！老姊妹抬起脸，皱纹里都荡着喜悦的波。

我把洋甘菊插入瓶。瓶里，清水盈盈。抬头，父亲慈爱的笑挂在墙上，一如既往。

知足者，常乐也。父亲的教诲犹在耳边。

曾经，生活中的父亲，何尝不似这洋甘菊，向苦而生、不畏逆境，而在岁月里，芬芳日子。

　　曾经，清苦的时光里，父亲捏着嗓，长调唱吟着："双兔傍地走，安能辨我是雄雌。"总能逗得儿时的我咯咯欢笑。

　　父亲，您闻闻这花香，有甜甜的果味，是不是？

　　父亲，因为疫情，这个清明，我和妹妹不能把花瓣装扮您的被子了。但，暮春的阳光会守护您，园里的白菊也会传递女儿们的思念。

　　快了！否极泰来，天朗风清的那日，我会捧一把洋甘菊，把香香甜甜掰得细细碎碎，奉上。

　　安睡吧，父亲！

刻石山，总在春里去见你

初识你，是在一年前的仲春。

女人节，那是一个美丽的日子。

串了一队美丽的舞蹈老师，带了一车放飞的开心，去见你。

女孩们，在茶园里采摘新叶，在飞拉达岩壁上舞蹈，在山野间肆意嬉闹。竹林深处，回荡着女孩们纵情的欢笑。

隔年，又是仲春三月。我牵了他的手，再次去见你。

疫情下的你，少了往日纷沓而至的喧闹，多了一份世外桃源的幽然。

漫步山径，青苔缀石，野花芳菲。正所谓，花事不知世事嚣，春约年年山野俏。

路过山腰农家，老伯正在竹匾上翻晒笋干菜。我问，晒了卖吗？老人头也没抬，只顾拾掇着匾上的活，却朗朗地回我，不卖的，我晒，城里小儿子一家子吃。

我随手尝了一片笋干。好鲜呀！

那人牵紧了我的手。转头，相视，会心一笑。

天下父母心。如同春日里，这刻石山遍处的阳光，无私，温暖。

环顾四周，溪水汩汩，仿佛在娓娓道来曾经的传说。当年，秦始皇东巡会稽，祭祀大禹，至刻石山，命李斯撰文刻石，而名载史册。

一座山，一页浓缩的人文历史。而"山河无恙，人间皆安"，乃古今常愿。

回望，春阳斜照，把长长的影子，投射在，农家斑驳的老墙上；投射在，刻石山古老的石碑上；投射在，总在春里去见你的那人心上。

河畔随笔

昨日从屋后过，见捕鱼老伯在河边修补他的小船。

春阳笼罩着他，一张皱纹肆意的脸泛着红光。每一道皱纹里，该是藏着一个岁月的故事吧。我想。

今日从屋后过，见修整过的小船，搁晾在柳树下。许是昨夜起风，船身落满了黄绒绒的柳椹。望去，画一般。

"蓑笠钓船家自有，轩裳朝路梦俱忘。"此刻，不由联想起宋诗人张镃的诗句。

两行诗，把诗人感叹仕途不易，而羡水乡农家悠然自得、知足而乐，于平淡中乐趣生活的心境，刻画得淋漓尽致。

是啊，"探窗看渔跃，蛙鸣入梦来"的日子，又何尝不是现代人想要远离喧嚣，寻一份自在安宁的向往呀！……

河岸上，迎面走来穿着高腰渔裤，拖着游丝网，提着水桶的老伯。

"呵，两条鲫鱼！这次卖给我吧！"

"半天了，就这点，给老太婆吃的，嘿嘿。"

给老太婆吃的。好暖的话呀！

世间女子，甘愿为所爱之人三餐羹汤，一生所求，不就为有贴心的守护，而温暖四季吗？

烟火气里的女人

我常常以为，女人的日子，好比揉面，恰好的粉，恰好的水，恰好的发酵，或甜或咸，尽心打理，便也成就了指缝间的生活。虽平淡，却也咀嚼在生生的烟火气中。

我更以为，无论富贵贫贱，于一方城，守一个窝，为之洗手作羹汤，大抵也是许多女人的初心吧。就像我身边的故友。

秀君，早年幼托园的保育员，我曾经的老同事。

多兄弟姐妹、郊区贫苦家庭出身的秀姑，尽管没念过几年书，但穷人家的孩子早当家，生来能言善语，脑子管用，手巧而勤快。我们常夸她，若是能多读几年书，一定是个职场女强人。

那时候，几块零头布，经她剪子一裁，缝纫机一踩，她家里先生的内衣外裤，孩子的日常穿戴便成了。

秀君朋友多，信息广。那时候，我们几家同事的孩子都差不多三四岁的女娃，她常常带我们去一家生产日系童装品牌的外贸厂仓库"淘宝"，记得那个童装牌子叫"八木"。

由此，我们的几个宝贝常常能穿上当时最时尚的外贸棉质潮牌，却花不了几个钱。看着孩子们靓靓地凑一处玩，小母亲们在一旁偷乐。

每到冬天，秀君还会教我们灌好吃的酱肠、晒好吃的酱鸭和鱼干。几个女人闲聊的话题，除了孩子，便是为家里做吃的、缝穿的。说笑间，又一个新年便也在女人们的筹划中到了。

二十多年过去了，故友们碰面时聊的最多的依然是家里吃的、穿的。

前几日，秀君电话我，说朋友山上的珍珠土鸡好吃。隔日，她那单位厨师出身的先生，就把清理干净的半只鸡送到了我家小区门口。而后，两个女人各自炖好的鸡汤，便都成了小的们餐桌上的美味。

去年刚入冬，秀君来报，一亲戚那里有客户抵债来的彩棉内衣。于是乎，老同事每家老老少少的男人们，无一例外都穿上了这内衣。当家的女人们一致认为：超值、舒适。

晚餐时间，桌上手机嘀嗒声不时响起。原是蜜蜜死党们又在晒各自的餐桌美食了。

诗经曰："终温且惠，淑慎其身。"女人的贤惠、淑良自古崇尚。

试想，女人于烟火气中，守一份平淡与知足，何尝不是一种踏实的幸福。

为有暗香来

过了惊蛰，自然天气回暖，草木勃发，犹如陶渊明诗曰："众蛰各潜骇，草木纵横行。"不由念想起王坛的梅园了。

听闻近日王坛东村已撤禁通行了，便带上母亲，驱车东行，直奔梅园。

王坛东村有千亩青梅林，素有"十里梅廊"之称。往年的二月底三月初，我都会跑去王坛，看东村的青梅花似雪如海，漫山遍野地怒放。

"遥知不是雪，为有暗香来。"那会儿，徜徉其间，体味着王安石的诗句，凭由拂不去的馨香，绕着脚后跟，缠满毛衣线裙……

此刻，临近梅园，车窗外几处黄灿灿的油菜花，在路边热闹着。后座的母亲竟也诗兴大发，"油菜花开黄如金，萝卜花开白如银。"

吟得好，吟得好！我连声夸母亲。老人家开心了："老辈手里都这么说的。"

驶入村口，红布亭犹在，值岗的村民听我绍兴口音，却也宽容地放行了。

可惜我们还是来早了一周，青梅花还未盛开。唯见一树树的暗红色蓓蕾缀满枝丫，只有村中一棵古花莲树附近的偏僻处，才偶见零星花朵如情窦初开的少女般，羞涩地绽放在枝头。

恍惚间，似有李清照词下的女孩，若隐若现在梅树旁，"露浓花瘦，薄汗轻衣透……和羞走，倚门回首，却把青梅嗅。"

"来三个日头，花就会开了。"听见母亲在那自言自语，一下让我晃过神来。

午后的阳光淡淡地从云层后射出来，薄铺在梅园里。看天色明朗了许多，便拉着母亲的手，爬上了梅林旁的小山腰。那里，有一处小小的水库。说是水库，其实跟蓄水池差不多。但水静潭绿，傍山依竹，草木环绕，幽境浑成。

潭前铺开垫子，取出草篮中的水果、茶具，倒上家里泡好随带的茶水，给母亲奉上。

呵呵，幸福时光，确认无疑。

二月二随笔

刚入卯月，仲春之风一度，河岸的柳枝便吐芽了。一串，一串，近了淡黄，远了淡绿，垂挂在水面，倒影在水波。

岸边的白玉兰开了一树。袅袅婷婷，一尘不染。

记得小时候，暑夜星光下，父亲曾给我讲有关玉兰花的传说。

很久很久以前，大山里住着酿花香的三姐妹：大玉兰，二玉兰和小玉兰。

一天，她们下山，发现村子里一片死寂。村民告知，秦皇填海，杀了龙虾公主。龙王爷发怒，锁了盐仓。村民没有盐吃，导致瘟疫，死了很多人。

三姐妹听了十分同情，决心帮助村民们。她们用酿的花香迷倒了虾兵蟹将，凿穿了盐仓，盐都浸入了海水中。

村民们得救了，而三姐妹却被龙王变成了花树，她们酿造的花香也变成了自己的香味。

人们为了纪念她们，就将那种花树称为"玉兰花。"

于是，我童年的心田里，因为有这朵玉兰花而馨香缕缕……

哈，好一条鲌鱼！花树下发呆的当儿，水面上传来一声惊呼。

回过神，见河面小船上的老伯，正收起游丝网，把一条约莫两三斤的大鲌鱼抓出来。

这鱼卖吗？老伯。我笑着问。

呵呵，不卖的！你来我家吃，就这。他指指岸边。

老伯边说边把小船划近了对岸的一处平房。

我望去，屋里有老妇人出来，身后有狗叫着跟着。屋前的一小块菜地，鲜绿着一片。

真好！我心里说。

捡拾起脚下的一片白玉兰花瓣，想起了一句话：花有魂魄，人有灵性，或开或萎，自成天地。

抬头，阳光暖暖地照着这仲春始发的周遭一切。

"卯之为言茂也。言万物茂也。"又一季的鲜活复苏了！

阳台花事

　　阳台上养着几盆绿植，都会开花。它们开花的时候，我的心情也跟着一起，或灿烂，或幽香。

　　近日，米兰和三角梅又开花了。几乎同时，相邻的茉莉也又探出了一些花苞苞。而狗牙花最殷勤，从初春到现在，此起彼伏地没有停过花事。

　　近阳台，便闻到米兰和狗牙花的屡屡幽香，于是心就放松和柔软下来。佩服这些绿植，仅需每日一碗清水，就熬过今年六十多天的高温与暴晒，生命力远比人顽强。

　　这狗牙花是初春时买的。那晚晚课下来，开车经过小区旁大桥，见有卖花的，便靠边停车，抱了盆栀子花回家。次日才发觉它不是栀子，因为栀子的叶没有这么大，叶面也没如此光滑，每根枝上的花更没它开得这么多。问了度娘，才知这冒充栀子的叫做"狗牙花"，因花瓣的边缘像被狗咬过似的，故名之。但两者外形酷似，同样素净洁白，亦有怡人之香，若不仔细辨认，还真难分你我。

三角梅虽没香味，然花朵色泽鲜艳，在几盆素雅的盆栽之间，越发让人赏心悦目。这没有香腺的花朵，却有着使你无法抗拒的笑靥。试想，在那些灰暗的阴雨日子，一抹娇媚，让人远离忧郁、抑或消沉的情绪，这样的花，怎能不由人心生爱意呀。

米兰花虽小似米粒，但它的香气浓郁，风一吹，不仅满阳台都是米兰的香气，还缕缕飘进屋里。人站在旁边，感觉衣裙和裸露的胳臂、脚踝上也缠满了它的花香。

晚课回家，发现茉莉的花苞又多了几个，心下之喜不由再添一二。想来，养花人的初心大抵如此吧。

有花相伴的日子，手心若有汗，也是香的。

课后随感

    但凡看到小朋友柔软的短发或长发，被家长们细心地扎成各种揪揪，我就会忍不住去摸摸，任莫名的情愫流淌指尖。

    一直喜欢留着长发。喜欢长发在风里飘动的感觉。好几年前偶然有了想剪短发的冲动，结果被他漫不经心的一句"别剪"，就断了改变形象的念头。从此，"清汤面"一挂到底。

    所幸除了屈指可数的假日，舞蹈老师们也很少需要美发配盛装的时候。平日里几乎都是发辫一束，套上练功服就出门去课堂。同事们一说起各自衣柜里的漂亮衣裙，都是同一个腔调："唉，可怜了它们，住在冷宫。"

    但，舞蹈老师岂肯委屈日常汗水与自律换来的衣架子。即使清一色的"清汤挂面"日日课堂高束，也不忘各式舞衣练功服轮流"值日"。"老师好漂亮呀！"孩子们的一句赞美，能让她们的孩儿王乐上一整天。

    有一阵子，涔不知从哪个淘宝小铺，弄来一堆素雅可心的发箍、发夹，整在大家原来"清光浪水"的发上，孩子们见了，又纷纷直呼，老师好漂亮呀！

　　"老师好漂亮呀！"于是，舞蹈老师就在如此这般的罗森塔尔效应中，袅袅婷婷地走在红尘阡陌上，与岁月媲美。如同，每一节晚课后的风里，路灯把那个长发飘飘、汗浸舞衣的女人，搓揉成长长的波影，在夜的未央中轻漾。

相期一笑同

晨，慢跑在寂静的河边步道。

倏然，眼前一亮。

呀，一朵，两朵……茶花开了！在这冻耳的朔风里，旁若无人，兀自绽放着红艳艳的笑脸。

"榴开似火，……相期一笑同。"温庭筠的诗句跃然唇齿。

"哈，你耳朵都冻得跟这花一样红了！"迎面，又遇见了戴着口罩的"蓝羽绒"。年前那几天开始，大家出门都多了个口罩。我，"蓝羽绒"，都不例外。

整个特殊假期的早晨，除了下雨天，我都会在这步道遇见他。他散他的步，我跑我的步。

所谓的面熟陌生人，我想，拿这个每日都会默然擦肩而过、整个假期都着一件蓝羽绒的男生，是最恰当不过了的。

回想那天，我正慢跑着，边看手机上小区群的"新闻六十秒"，忽被一个浑厚的男声吓了一跳。

"跑步看手机不怕摔啊？"抬头，口罩"蓝羽绒"擦肩而过。

"哦哦。"我不好意思地赶紧把手机揣兜里。

从那天起，早晨跟"蓝羽绒"照面时，他都会不紧不慢地说笑一句，或问候一声。

"早！"

"早呀！"

"你又不多肉，还跑？"

"增强体质啊。"

"今天不看手机了？"

"呵呵，难为情。"

常想，其实人世间，冷漠会使得人与人永隔万重山水，而一个微笑与问候，顷刻带来冬日里驱寒的一丝暖意。一个风淡云轻的善意提醒，也能成为日子里恰好的感动。

抬头，太阳冲破云层露出了脸，步道上瞬间铺满了阳光。道路两旁，几个戴着口罩的农民工在拔草，整理草坪。

哦，又到了即将补撒草籽的季节。

茶花红艳艳地笑着。花宜插鬓红？我也笑了。

结　香

从母亲家出来，看天色尚早，想绕个圈再回家。岂料，这车轮子一绕竟绕到了郊外。

隔着车窗，见杉木行列，茶树成园，远山叠重，近水悠然，不由羡大自然生机盎然。

半摇下车窗，一阵花香飘入鼻息。

呀，这初春乍寒的当下，什么花有如此生命力啊。

忍不住停车寻香而至。

眼前，棕色枝条间，半开半掩着一片黄灿灿的花骨朵儿，却都似害羞的处子，微低着娇弱的面首。然而，氤氲的浓香却无处遮掩，一阵紧似一阵地弥漫着。

打开手机，百度照片，不由恍然而惊喜，原来，你就是结香花呀。

结香树于我并不陌生，小区花园里便有。只是迁居数年，从未在这个季节认真地逛过园子，也就从不跟眼前的结香花对上号。

每年的盛夏，我会把晨跑的地方，从太阳直晒的楼外河边，转移到小区花园。所以，每每跟结香树认真照面时，都是它绿叶停僮葱翠、本盛末荣之季。

　　顾不得细雨又飘，返回小区的第一件事，便是戴着口罩，冲到花园，去看那几株结香树。

　　站在花丛前，我仔细地在那柔韧的枝条间，打了一个结，又打了一个结。

　　我想，即使许多年后，我也不会忘记，曾经的非常时期，我在结香花前，许愿了幸福，还有美好。

　　"结香结香，把香挽成一个结，从此香浓软梦，日日晴天。"

　　夜，我把黄灿灿的一朵，藏在了枕下。

后　记

　　老子言："祸兮福之所倚，福兮祸之所伏。"作为一名舞蹈教育工作者，三年疫情数度扰乱了我的工作秩序，也屡屡阻挡我行走山水的脚步，却让我平添静坐书房的时间。这十余万字，便是记录2020—2023年期间，我在课余的一些所作所思所感。

　　2020年5月，我接到时任柯桥区地域文化研究会会长、师父王云根先生布置的作业，要求在三个月内完成采写有关范蠡在古越国的足迹系列篇。尽管此时我的舞蹈教培机构刚恢复疫后线下课，诸多教学事务缠身，但我还是跟师父保证，一定会如期交上作业。

　　于是，从卧龙山脚的范大夫祠到越王台，从日铸岭到剑灶村，从夏履桥到杨汛桥，从柯桥到上虞，从初夏的和风暖阳到末伏的烈日酷暑，我在夏的呼吸里，寻觅这位慈善鼻祖遗留在古越大地的足迹。

　　伏天还没结束，当我看到审完文稿的师父脸上浅浅笑容时，我知道我已提前完成了任务。

　　入冬时，市水利局联合市越文化研究会要出一本有关绍兴古井的画册，师父将柯桥区二十口古井的考察作业交给了我。

2020 年 12 月 8 日，我前往马鞍大鱼山村通济壶瓶山，考察那儿的一口壶瓶古井。回来后，写下几行感想："没曾想去实地考察清代古井，还得到了意外收获。离水井不远处的一座才八十米高的小山，竟然是有两千年历史的周商古村落聚居遗址。落字成文，古越历史与文化，在值得赞叹的同时，更需要一份沉甸甸的尊重。"

2020 年 12 月 14 日，我在日志上写道："一早到王坛山里察看古井，独自走了三个村。飘雪了！走在山坳坳里的古村落，踏在长弄堂的青石板路上，而后迈进古老的台门，挤在老婆婆们身边围着烤火盆取暖。特别的感觉，留在冬月第一天的时光里，留在古越先人曾经结庐造井的山水边。"

12 月 20 日夜，我在书房码了日记："趁中午课间有两个多小时，我带上干粮，马不停蹄地赶到平水山里，完成了最后三口古井的考察与拍摄。在太平里村的知纺山南坡古井旁，还遇见了可爱的咩咩羊一家子。会永远记着这二十来天与二十口古井的一段情缘。"

学而研之，其乐无穷。彼时，当周围人谈疫色变、忧心忡忡时，我却有在教培工作之余，转移注意力，查阅、研读文史资料，一头扎入课题作业的小确幸。文字，赋予我特殊时期的幸福感。

2021 年盛夏，接受师父布置的云门景物故事十八篇作业。接下来的日子里，除了教务，下课回家，我把自己关在书房，两耳不闻窗外事，写我的"云门"。期间，又数次去云门寺及若耶溪周边踩点，与云门寺主持青慧师父交谈，以获取更多的文史典故与写作灵感。

11 月 24 日晚，完成最后一篇"云门"作业时，我趴在书桌上，哭得很痛快："此刻，向师父交上了此次云门作业的最后一篇。屈指而数，7.25 至 11.24，不多不少，整整四个月。感恩经历，感恩成长，流个痛快的泪，以记。"

2022 年 8 月 8 日是我心中的楷模、太外公王子余先生的逝世纪念日。我倾注心力所写的万余字纪念散文，如期发表在当天《中国旅游文学》公众号平台上。我想以这样的方式，来寄托我对先祖的敬仰之情。之后，在谢方儿老师的指导和鼓励下，此文参加了浙江省第四届罗峰奖非虚构散文大赛，并幸运地获得了二等奖。说实在，我是抱着重在参与的目的锻炼一下自己的，只是做梦也没想到我能得奖。也许冥冥之中，有先辈的加持力吧！我这样对家人笑言。

是啊，如同那些不曾湮没在流年里的故事，生活里的种种过往，总会在某个契机，幻化为彩蝶，在你回眸的瞬间飞舞灵动。于是，你又满怀热望，在美丽的人间再次前行。

骆海燕
2023 年 6 月